MW01713793

Mabel a través de Eva

Eva Lilia García Cantú

Mabel a través de Eva

Eva Lilia García Cantú

Mabel a través de Eva
© D. R. 2023, Eva Lilia García Cantú.

Primera edición: 2023.

ISBN-13: 979-8872087229

Ninguna parte de esta publicación, incluido el diseño de cubierta, puede ser reproducida, almacenada o transmitida de manera alguna ni por ningún medio, sin permiso previo de la editorial.

A Dios.

A mi padre
Aurelio García Vega q.e.p.d.
por su legado de aprendizaje y amor infinito.

A las mujeres de mi vida
mi madre, hermanas, hijas, nietas, cuñadas,
sobrinas, primas y amigas.

Y en especial a ti, el amor de mi vida,
Juan Antonio González Cebreros por acompañar mi camino
en cada momento y corresponder con tu amor, el mío.

Entrada

Sentada tras su escritorio, Eva empieza a escribir.

Mabel a través de Eva

—Ven, Eva. Siéntate. Tenemos que hablar —dice Mabel aquella mañana de otoño del 2001—. Tengo cáncer, Eva. Sé de tu diagnóstico, yo no sobreviviré, mi edad no me ayuda. Tú debes vivir, luchar por vivir.

Mabel no aceptó quimioterapia y no fue posible retirarle el tumor maligno que tenía. Eva fue operada después de un peregrinar de valoración médica y estudios.

Escribir sobre una historia real no es sencillo. Hablar de hechos que se viven sin omitir detalles que suelen resultar tristes o dolorosos es imaginar mil cuentos. Sin embargo, Mabel es una maravillosa historia para contar con más alegrías que tristezas, pero, sobre todo, mucho que agradecerle.

Nadie mejor que Eva para hablar de Mabel.

De lado mexicano

La frontera mexicana del Río Bravo es una de las fronteras más variables del mundo, ya que la división entre ambos países, USA-México, es la parte más profunda del río, aunque no sea precisamente la parte más central. Esto ha hecho que el desvío de este río cambie la parte del otro país de un lado para otro, como ocurrió en Tamaulipas.

A finales de 1800 los Estados Unidos empezaron a poblar las fértiles y productivas tierras al norte del Río Bravo, pues había suficiente agua para sus siembras; sin embargo, en una parte del sur de Texas llamada Tracto Horcón, una curva pronunciada del río dificultaba su bombeo, por lo que la empresa estadounidense llamada American Rio Grande Lanzan Company decidió alterar el curso del río para hacerlo más recto, dejando desapercibidamente una parte del territorio americano del lado mexicano.

Las autoridades americanas, al darse cuenta de esto, multaron a la compañía, pero no se restableció el curso del río, quedando paulatinamente el asunto en el olvido.

Al poco tiempo se fundó en ese lugar el pueblo de Río Rico, Tamaulipas, que durante los años 20 y 30 se transformó en un gran destino internacional. Fomentado por la prohibición en los Estados Unidos, se llenó de cantinas, casas de juego, carreras de perros, incluso Al Capone fue visto varias veces en el pueblo, donde controlaba el contrabando de licor a los Estados Unidos. La importancia de Río Rico fue creciendo tanto que se construyó un gran puente internacional hacia Texas, aumentó la influencia entre ambos países; sin embargo, cinco años después, una inesperada e intensa creciente destruyó el puente; al año siguiente se volvió a construir otro puente que también sufrió el mismo destino y, en total, tres puentes internacionales fueron erguidos y destruidos por la naturaleza.

En 1953, las autoridades mexicanas decidieron construir otro puente a seis kilómetros de distancia en otro lugar más seguro uniendo Progreso, Texas, con Nuevo Progreso, Tamaulipas, empezando la decadencia de Río Rico.

La mayor parte de los habitantes abandonaron Río Rico para empezar a poblar lo que es hoy, Nuevo Progreso.

Las fuertes inundaciones en los siguientes años acabaron por destruir lo que quedaba de Río Rico.

En 1967, un catedrático de la Universidad de Arizona que revisaba los mapas topográficos de Texas se percató del cambio territorial llevando el asunto hasta la Comisión de límites de Estados Unidos en 1972. Después de varios estudios el territorio fue totalmente cedido a México, aunque fuentes aseguran que Estados Unidos no perdió nada debido a modificaciones territoriales entre Hidalgo y Reynosa (esta la modificación).

Por un fallo de la Corte Estadounidense todas las personas nacidas en Río Rico antes de 1970 son consideradas ciudadanos estadounidenses, por lo que la mayoría de los habitantes cruzaron la frontera y abandonaron el territorio de Río Rico.

Información proporcionada del video "Main Watches".

Quiero ser justa, respeto las opiniones y comentarios que han sido proporcionados. Por ello agrego las fuentes de información. Los autores.

Primera maestra de la escuela Amado Nervo de Río Rico
Eva Cantú Treviño Vda. De García (Mi madre)

De lado americano

Un puente y dos progresos

Río Rico era reconocido internacionalmente por su importancia turística y comercial. Este auge se acaba en este lugar porque durante el año 1933 al año 1949 hubo varios huracanes que se llevaban los puentes internacionales que fueron desde puentes colgantes hasta chalanes hechos de madera y metal tirado de cables que transportaban autos y personas.

El primer puente de Río Rico se inauguró en el año de 1929 y este cruce desapareció junto con el pueblo en una crecida del Río Bravo en el año de 1949.

A la desaparición de Río Rico y sus puentes en los años 50, el inicio de Nuevo Progreso marca una era para el turismo. En ese entonces el rancho Las Flores pertenecía al municipio de Reynosa. Algo que originó la construcción de este puente fue la necesidad laboral del pozo petrolero instalado en el campo Treviño, dentro del área de Nuevo Progreso.

Para tal proyecto se integró un comité encabezado por los directores de Petróleos Mexicanos, los doctores Arturo Pérez Garza y José García Borrego, con los ciudadanos Leopoldo Cavazos, Juan Benítez y Pedro Castillo, siendo Gobernador del Estado Raúl Gárate y Presidente de la República el Lic. Miguel Alemán Valdez.

En 1951 Mr. Kone compra los derechos de propiedad del puente internacional Progreso que abría de 5 a 12 p.m. En este mismo año empieza la construcción de lo que sería este puente entre los dos Progresos: Progreso, Texas y Nuevo Progreso, Tamaulipas. En 1953 fue terminado.

Nuevo Progreso, Tamaulipas, conocido también como

Las Flores, fue inaugurado un 7 de diciembre de 1953. En el año de 1977 el Sr. Kone, vende el puente al Sr. Sam Sparks y en el año del 2003 es remodelado, además de agregarse el cruce de camiones de carga e inicia el trámite para hacer patio fiscal que, hasta la fecha, 2020, no ha sido posible ver su realización. Este puente abre las 24 horas.

El primer jefe de la Aduana Mexicana fue Saúl Gómez Junquera. Los primeros pobladores de Nuevo Progreso, antes Las Flores, fueron Gilberto Rodríguez Guerra, Leopoldo Cavazos, Luis Castillo, Ovidio Cavazos, Pedro Castillo y Familia Benítez.

En los años 60, finales de los 70, debido al auge de visitantes, un grupo de comerciantes decidió integrarse en un comité para agradecer a los visitantes que durante octubre a marzo hacen la época alta turística comercial de Nuevo Progreso llamado Winter Texas.

Este comité estuvo integrado, entre otras personas, por: Leopoldo Cavazos, José Cruz Medina Martínez, Pablo Bautista, Olvido González y Rafael García Gómez.

El primer festejo se llevó a cabo el 21 de marzo de 1976 que, a la fecha, se sigue celebrando (Se paró por la pandemia el 2020-2021).

Existen además tres festejos en la villa de Nuevo Progreso:

1.- Bienvenida a los Winter Texas, el primer viernes de diciembre.

2.- El Biker Fest, en el mes de octubre.

3.- El 13 de septiembre se celebra la fundación de Nuevo Progreso, teniendo como marco un desfile por la calle principal, Ave. Benito Juárez, donde los pobladores vestimos indumentaria mexicana y terminamos con una coronación a la Reina en la plaza principal, previo a los festejos de independencia.

En el año 2003 el puente internacional fue remodelado por su propietario Sam Sparks (+).

Información recabada por:
Familiares de Gilberto Rodríguez Guerra (+)
Dr. José García Borrego (+)
Dr. Leopoldo Hernández Téllez.
Camilo Maldonado Treviño (+)
Pablo Bautista
Arturo Serna Vigil
Pedro Báez Quintero
Aníbal McDonald García (+)
Rolando Cavazos
Enedelia Castillo Benítez

La familia Cantú fue sin duda la primera familia que pobló Río Rico, provenientes de Nuevo León, dispuestos a establecerse en esas zonas, empezando a sembrar, creando lo que fue llamado "La Cantuneña".

Familia numerosa hizo de Río Rico un área de trabajo para muchas familias que empezaron a poblarse ahí, provenientes de otras partes.

La pasada entre Río Rico y Texas en aquellos años era sencilla, así es que muchos norteamericanos y viceversa se casaron con mexicanos. De aquí provenimos protagonistas de esta historia.

Entre los muchos matrimonios realizados está el de Santos Cantú Hernández con Teresa Treviño, Felipe Cantú Díaz con Eulogia Barrientos. Los McDonald, los Mujica, los

González, Perales, entre otros.

Posterior a la última inundación o creciente del río, algunas familias emigraron a lo que es hoy Nuevo Progreso, Tamaulipas. Platicaban que había un camino real que conectaba Río Rico con Las Flores que era donde vivían los primeros pobladores de Nuevo Progreso. Una de las principales personalidades de ahí era la maestra Tencha Benítez, muy querida por su trabajo.

Gilberto Rodríguez Cavazos, apodado el Gavilán, se instaló en la primera cuadra en el año de 1950, al mismo tiempo que se abría la Escuela Amado Nervo de Río Rico. En aquel entonces aún la pasada a Texas era por Río Rico.

En el año 1951, se empieza a construir el primer puente de Nuevo Progreso, siendo inaugurado el 7 de diciembre de 1953, llamándosele Puente Internacional Las Flores.

Las historias que narro me las platica mi madre, Eva Cantú Treviño, primera maestra en Río Rico.

Mi madre cuenta que escuchó a varias personas decir que debían dejar Río Rico para repoblar Nuevo Progreso. De ahí, los señores Pedro Castillo, Polo Cavazos, los Benítez, entre otros, empezaron a establecer negocios que daban servicios a los mismos habitantes.

Poco a poco el comercio se fue dando

En Progreso, Texas, uno de los negocios que había era unos abarrotes cuyos dueños se apellidaban Fernández. Y se llamaba La Comisaría. Además de la familia Fernández, hubo una americana, Dorothy Thompson, quien donó donde están construidas las escuelas.

Casi a fines de los 50, llega el Dr. Baltazar Mondragón con su esposa, Elsa Villanueva, que había sido maestra en Ramírez. Se instaló, abrieron la primera farmacia llamada Celaya.

El Dr. Mondragón había estado trabajando en Río Rico algunos años y era muy amigo de los Cantú.

El primer periodista que llegó a Nuevo Progreso fue el Sr. Ovidio Cavazos.

El primer dentista, el Dr. Javier Aguirre.

Durante la década de los 50, la principal fuente de comercio fue la agricultura y, poco a poco, el establecimiento de negocios fue dando paso a la entrada de extranjeros, principalmente del Valle de Texas.

Ya en los 60 el comercio formal tuvo su inicio.

En el año 1967, el huracán Beulah casi desaparece a Nuevo Progreso. Aquí empieza la historia de Mabel en Nuevo Progreso.

La Cruz Roja Internacional acudió al auxilio. Para entonces, Mabel y Elizabeth habían iniciado su gran legado poco tiempo antes en Estados Unidos. Eran populares entre los inmigrantes y pobres radicados en Progreso, Texas.

Mabel acude al auxilio de Nuevo Progreso, primeramente con alimentos, ropa y medicamentos; posteriormente se dio a la tarea de construir casas a las personas que habían perdido todo, les proveyó de enseres, cobijas y todo lo que era posible.

Cuando la Cruz Roja consideró retirarse, Mabel acude con la primera brigada médica-dental siendo de gran apoyo a los enfermeros.

Mabel se enamoró tanto de la gente de Nuevo Progreso que lo adoptó en su corazón. La gente la empezó a querer tanto que la llamaron "el Ángel de Texas" y la gente altruista la comenzó a apoyar para ayudar.

Uno de los principales apoyos que tuvo Mabel, y que aún tenemos, es el que le brindó Sam Sparks a principio de los 70, quien con un gran corazón decía que ayudar a Mabel era ayudarse a sí mismo.

Con esta fusión, Sparks-Mabel, inicia lo que hoy es el gran turismo en Nuevo Progreso.

Empezaron a llegar Winter Texans que se establecieron con sus trailas en zonas que fueron adaptándose para ello en distintas partes del Valle de Texas.

Mabel tenía tanta popularidad que se fueron adhiriendo grupos, iglesias, clubes y personas adineradas; pronto grupos de ayuda formaron parte de su equipo.

"Mexican Children's Refuge", cuyo principal programa es a la fecha el apoyo a estudiantes de secundaria, preparatoria y universidad con becas, es el nombre con el que Mabel y Elizabeth recabaron ingresos legalmente en EE. UU. y con este nombre continuamos activos en 2023.

PRIMERA PARTE

Sentados en la sala del Instituto de Música, William y Mabel Prowdley esperaban al maestro de piano. Tenía cuatro hijas y el quinto era un varón. A la cuarta le llamaron Mabel, como su madre.

¿Cómo están, Señores Prowdley? Les diré que Mabel tiene un exquisito oído, hábiles manos y extraordinarias sensibilidades. El instituto la aceptó. Sin duda será gran pianista, aseguró el maestro.

Rubia, ojos claros y menuda figura, a los 12 años inició las clases de piano en la ciudad de Cleveland. 3 años después decidió además tomar clases de violín. A los 18 años terminó graduándose del Colegio en Overland.

Los años que siguieron se dedicó a estudiar todo lo que pudo. Era una mujer culta y educada. El día que cumplió 21 años, un 3 de mayo de 1935 (había nacido en 1914), su padre le regaló un piano de cola traído de Europa que a Mabel le encantó.

¿Qué te parece, papá, si empiezo a dar clases de piano? La casa es grande y podemos acondicionar un lugar. Pronto se vio dando clases a niños y jóvenes cobrando módicamente y a quienes no podían pagar se les dispensaba el pago.

En el año de 1945, a los 31 años, por su inquietud de perfeccionar el violín, viajó a Roma donde fue alumna de Artur Rubinstein, convirtiéndose en la primera mujer violinista. Durante 4 años tocó en la Orquesta Sinfónica de Roma, Italia.

A la par de su carrera de música, transmitía noticias en un programa de radio en diferentes lugares, trasladándose en helicóptero de lado a lado. En uno de esos traslados su helicóptero se accidentó, resultando gravemente herida.

Al despertar se dio cuenta de que sus manos estaban heridas. ¿Cuál es su pronóstico, doctor?, preguntó. Lamentablemente, Mabel, los tendones de sus manos están muy dañados; empezarás con terapia para ver qué posibilidades tienes de volver a tocar, le contestó el doctor. Mabel aceptó, resignada, el pronóstico.

Pasó casi un año entre cirugías y terapias y quedó imposibilitada para volver a tocar, algo que le dolió tanto a Mabel, ya que tocar era una de sus pasiones.

En el año 1950, a los 36 años, regresó a Cleveland, Ohio. Sus padres la esperaban con una recepción en aquella vieja casona. No pudo cerrar los ojos pensando como reiniciaría su futuro. Su padre tenía una imprenta que le permitía vivir cómoda y holgadamente, además de tener una cría de caballos, pero no era lo que ella tenía planeado.

La convalecencia fue lenta con los suyos y en su país, por eso tuvo el tiempo suficiente para pensar.

Tomando un sorbo de té en aquella habitación donde estaba el piano de cola, sin duda alguien tenía que volver a tocarlo, pensó y volvió a sonar este piano.

Empezó a ayudar a niños que no tenían hogar y los llevaba a esa casa dejándolos vivir ahí, enseñándoles a tocar música, a montar y todo lo que había aprendido.

Una mañana de invierno de 1955, a los 41 años, tocaron a la puerta de los Prowdley.

—¿Se encuentra la señorita Mabel Clark Prowdley?

—Soy yo. ¿En qué puedo servirle?

—Somos del Welfare (equivalente al DIF en México). Venimos a recoger a los niños que usted tiene en su poder.

—¿Cuál es el problema o delito?

—Usted es soltera, además la casa es de madera.

Esa fue la escueta respuesta que le dieron. Durante cinco años aquellos niños habían sido su vida, nada pudo hacer.

Un reportero de Cleveland escribió un artículo que decía: "No la dejan trabajar como ella desea y esto le causó gran pesar". El periódico tuvo tanta difusión que alguien en Harlingen le ofreció que viniera al Valle del Río Grande para hacerse cargo de una escuela.

Durante ese tiempo Wiliam Prowdley, su padre, muere siendo ella la única soltera, quedando al cuidado de su madre, la cual muere dos años después.

En el año 1959, su hermana Elizabeth, que vivía al norte de Texas, queda viuda sin haber tenido hijos. Ya sin padres, a los 47 años, decide —junto con Elizabeth— venir a vivir al Valle de Texas.

Elizabeth, al enviudar, quedó económicamente bien y Mabel, al vender lo heredado de sus padres, se le ocurre una idea que le plantea a su hermana y ambas deciden comprar una propiedad en un amplio terreno frente al lago, en Progreso Lakes, cerca de Progreso Texas y Weslaco, al borde del Río Bravo.

Desde ahí crean "Mexican Children's Refuge" para apoyar a los niños mexicanos, indocumentados, huérfanos o necesitados con sus familias.

Mabel era el contacto con los necesitados y Elizabeth con la administración.

Mabel y Elizabeth

SEGUNDA PARTE

Mabel y Elizabeth se establecieron en un terreno de 550 pies frente al Lago Lion, en Progreso Lakes, pegado a Progreso, Texas, frontera con Nuevo Progreso, Tamaulipas, empezando a trabajar para todos los que les pedían ayuda.

Mujeres cultas, de buena posición económica, constituyeron una asociación civil en Texas llamada "Mexican Children Refuge", sin fines de lucro, con lo que Fundación Mabel y todos los grupos que llevan su nombre se sigue trabajando en México y EE. UU., especialmente en el área de becas.

Todas las acciones las realizaban Mabel y Elizabeth en administración. Mabel rentó un local en Texas e inició el negocio de venta de segunda para tener más recursos y seguir ayudando a los necesitados en Nuevo Progreso. Sus actividades eran tantas que se vio en la necesidad de rentar una casa en la calle Victorio. Ahí empezó el primer banco de alimentos, acondicionó un área para consulta médica, donaba ropa, zapatos, cobertores, juguetes en Navidad y todo lo que pedían como medicina, artículos médicos, sillas de ruedas, pañales, muletas, bastones. Las condiciones del local no eran las mejores, así es que acudió al Dr. García Borrego, uno de los primeros médicos en Nuevo Progreso que provenía de Monterrey, N. L.

En la clínica García Borrego se consultaban y atendían los casos médicos. Sin embargo, se siguió trabajando en ese local de la calle Victoria por varios años. Al principio se pagaba renta; después ese lugar pasó a ser de la Sra. Lucía, una de las personas más cercanas a Mabel durante los 70 y 80, junto con la Sra. Rocío y Panchita (+).

DÍA DEL TURISTA

En este capítulo redacto las diferentes versiones del día del Turista (1970), según los protagonistas.

Lo he mencionado porque, sin duda, Mabel, sin saberlo, fue uno de los principales promotores del turismo. Ella trajo los primeros Winter Texans siendo voluntarios y se quedaron como consumidores turísticos para Nuevo Progreso.

La historia del Día del Turista según el C. P. Arturo Suena Vigil y la Sra. Maribel Hernández, hija de la Sra. Olvido González

Una mañana, mientras desayunaban el Dr. Polo, la Dra. Medina (posteriormente compadres) y Eva salió a relucir el día del turista.

—A ver, compadre, platícame, ¿cómo surgió el día del turista?

—Hay varias versiones, comadre. Te voy a escribir un día de estos las historia.

—Estoy escribiendo sobre Mabel, compadre. Después de leer y leer sobre Mabel creo, casi lo afirmo, que Mabel trajo el turismo a Nuevo Progreso. Fue una bendición que ella y su hermana decidieran vivir en Progreso, Texas (Progreso Lakes).

—Opino lo mismo —afirmaron Carmen y Polo.

Breve historia del Día del Turista en Nuevo Progreso

Corrían los días primeros del mes de febrero del año 1970, cuando en una ocasión que se desarrollaba una cena al aire libre contiguo a la Delegación Municipal y que organizaba el entonces delegado Municipal C. Ernesto Terán Montelongo.

En esa reunión, sentados en una mesa, se encontraban los comerciantes Pablo Bautista Ortiz, Pedro Castillo McDonald, Aníbal McDonald García, Daniel Reséndez García, Ernesto Terán Montelongo y Arturo Serna Vigil.

Haciendo uso de la palabra, el Sr. Arturo Serna Vigil propuso a los presentes la idea de celebrar un día en honor de los turistas que en aquel año comenzaban a venir a nuestra población en cantidades regulares, siendo la idea del agrado de los presentes. Así que el señor Arturo propuso que fuera el día 21 de marzo, ya que la fecha tenía dos finalidades: una histórica y otra comercial. La primera es porque ese día se conmemoraba el natalicio del Lic. Benito Juárez García; la segunda porque es costumbre de los turistas regresar del norte para los primeros de marzo y al celebrar el acontecimiento en forma debidamente organizada, con grandes atractivos para los turistas, se lograría que se quedaran hasta por lo menos a la celebración citada.

Al siguiente día recorrieron los negocios y se les explicó la idea a los comerciantes, estando todos de acuerdo, dando la idea magníficos resultados económicos para todos en general. Los comerciantes que recorrieron los negocios fueron Ernesto Terán Montelongo, Leopoldo Cavazos Galván, Concepción González, Daniel Reséndez y Arturo Vigil.

Desde entonces se ha venido celebrando este día con gran éxito, siendo Nuevo Progreso, Tamaulipas, el único lugar de la República Mexicana donde se festeja el Día de Turista.

Nuevo Progreso, Tamaulipas, a 5 de marzo de 1982.

Relator:
C. P. Arturo Serna Vigil

Ciudad Madero (1989)

Eva había estudiado en las mejores escuelas particulares de Tampico. Quería lo mejor para sus hijas. Juan trabajaba en brigadas de exploración de 18 a 20 días, así es que descansaba de 10 a 12 días, según el mes.

Se habían conocido poco después del terremoto del 85: Eva, arreglando su traslado del ISSSTE de Ciudad Mante a Tampico, algo muy difícil por la situación que dejó el terremoto, ya que mucha gente quería salir del D. F. a provincia. Juan, arreglando una demanda por un escalón en el sindicato en su sección sindical.

La relación del ISSSTE–SSA y PEMEX en el caso de Eva, así como en lo de Juan, es una historia para contarse aparte. La relación de ambos fue breve para cuando decidieron casarse. Radicaron poco tiempo en Villa Hermosa, Tabasco; después Ciudad Madero hasta llegar a Nuevo Progreso.

El 10 de enero de 1989 se escuchó un estruendo cerca de la casa de los padres de Eva, antes de las 8 de la mañana; sirenas de ambulancias y policías se escucharon por doquiera en Ciudad Mante, Tamaulipas.

Terminando de bañarse, sonó el teléfono en la casa. Era Juan, el esposo de Eva, desde Tabasco.

—Se llevaron a don Joaquín con varias personas más que están desayunando en su casa. Creo que Chava Barragán no estaba entre ellos.

La noticia encabezó todos los diarios nacionales e internacionales. Programas de noticias en televisión y radio.

En Ciudad Madero, como en varias ciudades de la región y la República, se vivía un duelo. Hubo manifestaciones, pronto cientos de personas se congregaron en la plaza principal del centro de Ciudad Madero. Esposas de petroleros, activos y jubilados, trabajadoras de planta y transitorias, se manifestaron. En una ocasión, Eva hizo uso de la palabra. No sabía la realidad, sólo que se quedaba sin trabajo como cientos de personas.

Don Joaquín Hernández Galicia, la Quina, fue un líder petrolero que, como todo líder, fue amado y odiado; más amado que odiado. Él marcó la mejor época de Ciudad Madero, tal vez de Tamaulipas, dicho por muchos adultos mayores. Eva pensaba, don Joaquín es muy poderoso, tiene mucho dinero, va a salir pronto de esto. Pasaron 8 años para que don Joaquín obtuviera su libertad. Nunca nada fue igual en Ciudad Madero.

Dos meses después, Eva recordó que tenía una propuesta en Nuevo Progreso.

—Sería bueno probar esa oferta. ¿Cómo ve, suegra? —decía Eva por teléfono— Son cuatro días por semana de martes a viernes, a comisión y el pago en dólares.

Al día siguiente lo comentó con su madre. Tanto su suegra como sus padres le darían su apoyo. Evita, su hija de un año, se quedaría bajo su cuidado según se fuera dando la necesidad. Ahora tenía que ver cómo se lo plantearía a Juan, su esposo.

No quiso hacerlo por teléfono. Esperó a que regresara de Tabasco.

—Mis padres cuidarán de Evita. Yo vendré los fines de semana y el lunes. Los días de tu descanso estaremos donde nos toque.

Había que acomodar días para ir a Ciudad Valles o Tamazunchale donde estaba Cynthia, la hija mayor de Juan, que vivía con Rosario, una de sus hermanas.

Juan insistió.

—¿Por qué no nos regresamos a Tabasco? Puedes trabajar en Pemex allá, a través de mi sección.

—Quiero regresar aquí a Tampico —contestó—. Aquí me eduqué yo y aquí quiero que se eduquen mis hijos.

No le quedó más a Juan que apoyar a su esposa.

Nuevo Progreso 1989

Mayo 1989

—Hola, soy Ana Meli. Soy química.

—Bienvenida a Nuevo Progreso.

—¿Tendrás tiempo de comer?

—¡Claro que sí!

Eva y Ana Meli empezaron su amistad aquel día de mayo. Conversaron y comieron en el Rene's.

—Trabajaré de martes a viernes. Tengo una niña de un año que cuidan mis padres en Tampico. Mi esposo es petrolero y trabaja en el sur. Nos veremos según caiga descanso en Tampico, en Ciudad Valles, donde vive una de sus hijas con una de sus hermanas. Tiene nueve hermanas y mi marido tiene dos hijas y un hijo de su primer matrimonio —y se atacaron de la risa.

—Es un familión —dijo Eva.

—Pues sí, Ana Meli, estaré viajando a Tampico y Ciudad Valles desde aquí o mi esposo se vendrá conmigo. Esto será mientras se arregla lo de Pemex. Eso esperamos.

Y volvieron a reír.

Ana Meli era soltera. Iba y venía diariamente a Río Bravo, donde vivía.

Las reuniones se hicieron frecuentes entre ellas y la amistad con ello.

El primero de mayo de 1989 Eva llegó a Nuevo Progreso. Una bebé, una maleta y muchas esperanzas. Jamás se imaginó que se quedaría el resto de su vida.

Inició con el Dr. García Borrego, donde laboró por tres años, antes de independizarse.

Los primeros días vivió con la familia Ramírez González, casa de la maestra Débora, quien le consiguió asistencia con doña Coco Guillén, madre del Lic. Octavio Barajas y de los maestros Jesús y Martha Guillén y de Diana que después fue ahijada de Eva y Juan.

Doña Coco era muy popular y amiguera, tenía de vecina a su hermana María, mamá de Dayde y de Julia, quien le rentó su casa. Era una casa pequeña, pero muy acogedora. Eva, Juan y su pequeña hija, Evita, vivieron un tiempo agradable en ese lugar. Julia también se hizo ahijada de Eva y Juan.

En esa época era el paraíso en Nuevo Progreso para médicos y dentistas, así como el comercio artesanal y restaurantes. Había tanto comercio que apenas se podía comer.

Eva, a fuerza de pasar por el local donde Mabel tenía las ayudas, detenerse por ratos ya que se asistía casi enfrente del lugar con la Sra. Guillén y María Barajas, se familiarizó con las actividades de Mabel.

El Dr. García Borrego era un hombre gentil que brindó apoyo revisando a los pacientes que Mabel mandaba. Así pasaron los años hasta que el apogeo en Nuevo Progreso para los médicos y dentistas fue tanto que no se daba abasto.

Una de las mañanas del invierno de 1989, el Dr. García Borrego no se encontraba en su clínica cuando Mabel llegó, Rocío entró corriendo:

—Eva, Mabel viene muy mal.

Le había picado, al parecer, una araña y ella era alérgica;

sudaba mucho y Eva era la única que estaba ahí, la atendió, Mabel quedó agradecida. Desde ese momento Eva fue la médico de Mabel hasta su muerte.

Pronto Eva se convirtió, además, en la médico de los pacientes de Mabel junto con el Dr. García Borrego que, poco a poco, fue dejándole toda esa actividad a Eva.

En 1992 Eva se independiza del Dr. García Borrego profesionalmente. Mabel también se fue con Eva a su nuevo consultorio y la relación fue más estrecha. En ese tiempo el esposo de Eva trabajaba en el sur de México y viajaba mucho, así que Eva dividía su tiempo entre su trabajo, su familia y Mabel.

En ese año se le detecta cáncer a Mabel del que sobrevivió 10 años más. Volvió a padecerlo en el 2001 para morir en el 2002.

Diciembre 1989

Hoy conocí a Mabel. Le picó una araña, me tocó atenderla. El Dr. Borrego no estaba. Rocío llegó muy nerviosa con ella. La atendí. Es una mujer con una mirada hermosa, platicaba Eva a su esposo Juan A. por teléfono, me llamo la atención su sencillez, extraordinariamente humilde en su persona. Su imagen la tengo tan grabada. Con tanto frío usaba una falda con un suéter medio grueso y un saco un tanto pasado de moda, sus zapatos con lodo, señal inequívoca de haber caminado mucho.

—Me enamoré, amor, es una mujer fascinante. Creo que también le caí bien.

Dos días después:

—Hola, Eva, ¿puedes ver y revisar a Mabel? —dijo Rocío.

—Claro, déjame voy a su camioneta, no la bajes.

—Hola, Mabel, ¿cómo está?

—Me da comezón, pero no tengo dolor.

—Vengo a darte las gracias —contestó Mabel.

—¿Puedes darle esa bolsa, Rocío?

La bolsa traía una muñeca, un mono de peluche para Evita, pan, frijol, chocolates y un saco para Eva. Eva se emocionó y agradeció aquel regalo. Con el tiempo, las visitas fueron frecuentes. Los encuentros en la casa donde se repartían las cosas. Mabel adoptó sentimentalmente a Eva y a Evita y ellas a Mabel.

—Eva, te tengo que decir algo —del otro lado de la línea era Ana Meli.

—OK, ¿comemos?

Mi amiga, la Dra. Hilda, traspasa su consultorio.

—Le hablé de ti —comenta Ana Meli—. Búscala mañana. Este es su número.

Eva e Hilda hablaron, llegaron a un acuerdo. Eran finales de diciembre del 91. En enero del 92 Eva se independiza del Dr. Borrego.

—Mabel, ya no estaré con el Dr. Borrego, ¿cómo ve?

—Muy bien, hija, es bueno para ti. ¿Quieres ver pacientes que te lleve? Claro, no tendrá que pagarme.

Eva empezó a ver a los pacientes que le enviaba Mabel y se unieron más.

Lucía Brito y Rocío fueron dos de las personas que apoyaban a Mabel durante años en la repartición de ropa y despensas, aunque Mabel, además, tenía familia que protegía económicamente.

Fueron años bellos, con muchas satisfacciones. Se construyeron unas aulas en la colonia Candanosa para un kínder que llevaría su nombre. Se formó la colonia Mabel. Hizo decenas de casitas, aulas de clases en ejidos y en Nuevo Progreso. Ayudó a muchos estudiantes con becas. Pagó tratamientos de enfermos, entre muchas cosas de labor social.

En ese año se acercaba la venia de los Winter, turistas que radican en el valle de Texas de noviembre a marzo. Un grupo que venía de Minnesota traería dos tráileres con alimentos, ropa, juguetes, madera, material para construcción, entre más cosas.

—¿Cómo ves? ¿Es mucho? ¿No crees que nos ponga peros en la aduana? —le pregunta Mabel a Eva.

Fuimos a la aduana y nos sugirieron que hagamos una carta al presidente de la república, Carlos Salinas De Gortari, para facilitar las cosas, pues estaría de visita en Reynosa.

Esa noche Eva redactó la carta con copia al Secretario de Hacienda, Pedro Aspe Armella.

Al otro día Eva, Rocío y Lucía hablaron sobre la carta. Acordaron que Eva, por trabajo, no podría ir, así que Lucía y Rocío acompañaron a Mabel a entregar la carta.

El presidente recibió la carta en manos de Mabel. Se le quedó viendo a los ojos, acarició su cabeza, pasó la carta a alguien más y se fue.

En febrero de 1993 se recibe una carta firmada por la Lic. Alba Celina Soto, jefa de la unidad de documentación de la presidencia de la república, la cual estaba dirigida al Lic. Juan

José González Vargas, secretario del director general del D.I.F. a nivel nacional que, en ese tiempo, dirigía la Sra. Estela Anzaldúa de Guajardo (+) en Río Bravo.

Al mismo tiempo, se recibió una carta vitalicia durante el mandato del Lic. Carlos Salinas De Gortari. En esa carta se le otorgaba permiso a Mabel para pasar lo necesario para seguir apoyando a los habitantes de Nuevo Progreso y realizar sus obras.

En los años que siguieron, hubo cambio de presidente y no se tuvo problema para introducir nada, incluso algunos grupos y personas ajenas llegaron a utilizar el nombre de Mabel para pasar sus cosas en la aduana, generalmente ropa y cosas usadas.

En marzo de 1997, Eva acude a un desayuno en un tráiler Park en Weslaco, Texas. Se estaba planeando abrir una clínica médico dental en Nuevo Progreso. Todo el apoyo para la construcción sería extranjero, sólo se requería un terreno. Se habló de pedir apoyo a los rotarios o leones para no involucrarse políticamente con el gobierno.

Eva sugirió solicitar una audiencia con el presidente municipal para plantear el proyecto. Se acudió con el Lic. Juan Antonio Guajardo, quien les comentó que debían hacer una asociación civil.

En 1998 queda constituida formalmente la Clínica Gratuita Mable de México A. C., quien solicita al gobierno municipal un terreno para la construcción del proyecto. La obra queda terminada en poco tiempo en la calle Tamaulipas #600, colonia Magisterial, en lo que fue el rastro municipal. Desde entonces ininterrumpidamente se trabaja ahí.

El 4 de noviembre del 2003, siendo presidente municipal el Lic. Juan Antonio Guajardo Anzaldúa, y gobernador del estado de Tamaulipas, el Lic. Tomás Yárrington Ruvalcaba, se autorizó la donación del terreno en favor de la Clínica Gratuita Mabel de México A.C.

Una de las personas que dedicó mucho tiempo y amor a esta donación y a la legalidad del mismo fue Gloria Morales (+). Americanos fueron y vinieron, con ella, con o sin posiciones. Gloria siempre estuvo ahí como voluntaria, traductora, administrativa, delegada, representante legal, relaciones públicas y hasta como réferi cuando había desacuerdos. Gloria se retiró por la inseguridad que se manifestada en los medios de comunicación. Sus hijos no permitieron que siguiera viniendo. En 2006 se retiró. Murió en 2020.

El primer médico que prestó sus servicios fue el Dr. José María de León Cantú y el primer dentista, el Dr. Samuel Barrios, padre del actual director de la clínica, el Dr. Samuel Barrios Jr. 2021.

A la par, Mabel seguía acudiendo a las colonias.

Una de esas veces le vuelve a picar una araña a Mabel. La reacción fue tan fuerte que le produjo una úlcera en una de sus piernas. Le impedimos ir a las colonias. Eva empezó a curarla diariamente hasta que cicatrizó.

Como no fue más a las colonias, Eva le acondicionó un lugar donde atendía a las personas un día sí, y otro, también, dentro de su centro médico donde, además, tenía una pequeña bodega.

Mabel tenía personas especiales a quienes ayudaba: Malena (+), con sus hijos Pedro y Pablo; Alejandra, casada, con ocho hijos, le construyó casa en la colonia Jardín; luego Toña, también de la Jardín, se quedó con ella; y después un licenciado que andaba por ahí; Sara, otra beneficiaria, estaba casada con un músico (+), él padecía epilepsia, tenía una niña que se casó con un hijo de Reyna y Pancho (otra historia). Sara y su esposo recibían de Mabel cada semana un sobre con dinero que era para comprar la medicina y lo necesario ya que ninguno trabajaba.

Ayudó a varias líderes de la colonia, como Alejandra, Toña, Rosalba, Magdalena, entre otras.

No sé cuántas casas le hizo a Reyna y Pancho, por mencionarlos, porque fueron de los más beneficiados por ella, aunque hubo varios más que abusaron de ella.

Mabel era conocida como el Ángel de Texas. Y fue también el ángel más grande de Nuevo Progreso. ¿A cuántos ayudó? ¿Quién, que hizo profesionistas de ellos, ayuda hoy?

Para ella la salud y la educación era la base prioritaria de su vida y se identificaba con el proverbio chino:

Si quieres sembrar para un año, siembra arroz.

Si quieres sembrar para una década, siembra pinos.

Pero si quieres educar toda la vida, educa.

Uno de esos días del año 2000, cuando visita Eva a Mabel y Elizabeth, tomando café le dicen:

—Este piano es tuyo. Haz lo que te plazca.

—Yo no tengo espacio —les contesta—, pero se verá bien en la clínica.

—Haz lo que te plazca (ese piano 2021 está en un lugar de Texas en reparación).

Después de un rato movieron un baúl con llantas, lo abrieron y le decían a Eva:

—Ábrelo —adentro había varios abrigos.

—Todos te quedan —dice Mabel—, algunos los usé durante mis conciertos en Roma.

Eva, abrazada de Mabel, dice:

—Los usaré y exhibiré con orgullo.

Aquel invierno fue fuerte y Eva lució aquellos abrigos con orgullo, como en la posada de la asociación médica y en la noche de Navidad.

Con fecha de 1° de octubre de 1992 se redacta la carta al presidente, Lic. Carlos Salinas de Gortari. Se tenía tanta esperanza en esa carta. Era mucho lo que se quería donar.

El 12 de noviembre de 1992, cuarenta días después, se recibió respuesta. Ese invierno fue de mucha felicidad para las colonias y personas beneficiadas en el programa de Mabel, quien tuvo un pase vitalicio los años que siguieron. Muchas personas se beneficiaron con ella. Entre los alumnos más destacados que hoy son profesionistas se encuentran: el Lic. Octavio Guevara, la maestra Martha Guillén, el maestro Jesús Guillén, la Dra. Abigail Guillén, el Dr. Ezequiel Marín (+), la Dra. Blanca Barrera, el Dr. Felipe Ibarra, la familia Sereno, la Q. F. B. Ludivina Colunga, Pauli Rodríguez (Excandidata a Regidora) y cientos de dentistas, como la Dra. Rubí de Veracruz y Progreso.

En febrero de 1993, Mabel recibió una nueva carta firmada por la Lic. Celina Soto, jefa de la unidad de documentación de la Presidencia de la República. Esta carta estaba dirigida al Lic. Juan José González Vargas, secretario del D.I.F. que en ese año dirigía la Sra. Estela Anzaldúa de Guajardo (+). Ahí se daban instrucciones para que Mabel introdujera por la aduana de Nuevo Progreso lo necesario para realizar sus obras.

Los años que siguieron fueron tranquilos para ambas, el consultorio y la familia. Así Mabel y Eva continuaron la vida.

En 1996, un grupo de americanos y canadienses se reunieron para ver la posibilidad de una clínica médico-dental en Nuevo Progreso gratuita para la comunidad. Se organizó una comisión para visitar al Sr. Sparks, dueño del puente de Progreso, Texas, para hacerle saber el proyecto.

Se creó una asociación civil en U. S. A. y otra aquí que, hasta la fecha, 2021, trabajan conjuntamente, una para proveer y la otra para servir.

Se visitó al presidente municipal, Lic. Juan Antonio Guajardo Anzaldúa, para solicitarle un terreno a nombre de la nueva asociación civil Clínica Gratuita Mabel de México A.C. Se invitó al Dr. Xavier Aguirre, miembro del Club Rotario de Nuevo Progreso para facilitar algunos trámites sin involucrar al gobierno.

Anexo copia del departamento del tesoro de U. S. A.

El único acuerdo gubernamental que tuvieron fue durante el período del Lic. Juan Antonio Guajardo Anzaldúa, siendo presidenta del D. I. F. su mamá, la Sra. Estela Anzaldúa de Guajardo.

Con el Sr. Bernardo Gómez y el profesor Teodoro Escalón, sin una relación formal, hubo buena relación, un trato cordial, cuando fue necesario.

Los gobiernos que siguieron no volvieron a apoyar en nada, ni a Mabel ni a Eva.

La clínica inició la construcción en 1996 con donaciones de

varios voluntarios. El principal proveedor fue el Sr. Samuel Spark quien, a su vez, donó una camioneta van del año para el servicio de la clínica y voluntarios.

En 1997 empezó la Clínica Gratuita Mabel A. C. con servicio médico- dental.

El primer médico que apoyó con un sueldo bajo fue el Dr. José María De León Cantú, secretaria Martha Juárez (+), odontólogo Dr. Samuel Barrios, asistente Dayde Guillén.

Para el cumpleaños de Eva en 1997, Mabel acudió a felicitarla con Mona y Lynn. Pastel, chocolate y tarjeta se compartió en la mesa.

Era un día lluvioso y frío, el chocolate delicioso. Mabel, que no usaba pantalones, se sentó al lado de Eva; le tocó la mano al momento que decía:

—Hija, la clínica estará abierta pronto. ¿Te gustaría estar ahí?

—Se lo agradezco —respondió Eva—. Tengo mucho trabajo en mi consultorio, gracias a Dios. Pero cuenta conmigo en todo lo que sea necesario.

La clínica se abrió con muchos invitados que rodeaban a Mabel, Elizabeth, el Dr. Roudley, el Lic. Juan Antonio Guajardo y Bernardo Gómez y su esposa Myrna Guajardo, entre muchas personas.

En el invierno del 2000, Mr. Spakrs visitó a Eva por un problema de salud. Platicaron largamente de los proyectos con Mabel y los propios del puente.

—Ven mañana a mi oficina para presentarte a la nueva

administradora. Es excelente, te llevarás muy bien con ella.

Al día siguiente se conocieron Eva y Julie Guerra Ramírez. A través de los años se convirtieron en grandes amigas, compartiendo vivencias del trabajo, familiares y Mabel.

El 26 de enero del 2001, Juan cocinó para festejar el cumpleaños de Eva. Juan invitó a la mesa directiva de la clínica, a Mabel y a Elizabeth.

Mabel y Elizabeth no llegaron porque Elizabeth se sintió mal y Mabel empezaba con molestias por el cáncer que iniciaba.

Durante la comida, Merle y Darline, Mona y Lynn, el Dr. Routley, entre otros, comentaron, preocupados, acerca de la salud de Mabel y Elizabeth.

TERCERA PARTE
VERANO 2001

Tuvieron un buen verano en EE. UU. Juan y Eva visitaron a Mariana y a Fernando, hijos del primer matrimonio de Juan, y al hermano menor de Juan, Guillermo. Hacía tiempo que no los veía. Los tres habían inmigrado en busca de mejores oportunidades. El lugar donde viven es una isla preciosa. El verano había sido perfecto, sólo que Eva había presentado mucho cansancio.

En un año más la primogénita de Eva cumpliría quince años y quería bajar un poco de peso, así que, por iniciativa propia, había empezado a suprimir alimentos, lo cual empezó a ponerla nerviosa, irritable y con dolor de cabeza. Por esa causa Eva y Juan la llevaron con su amigo, el Dr. Cruz Álvarez. Al llegar al consultorio, éste no se encontraba, así que se consultó con el Dr. Alanís.

El Dr. Alanís revisó a Evita, le dio indicaciones y se dirigió a Eva.

—¿Has perdido peso?

—No —contestó Eva.

—¿Te has sentido cansada?

—Sí, un poco.

—OK. Mañana te harás estos exámenes y este ultrasonido. Evita dejará de tomar el tratamiento y se sentirá bien en poco tiempo. Ya necesitas atenderte.

Al día siguiente era sábado. Eva no fue hasta el martes 11 de septiembre. Llegó temprano al estudio en el Hospital Santander. Iba acompañada de Dora Mirtha, su gran amiga, ya que Juan, su esposo, se encontraba trabajando. Afuera el mundo cambiaba para siempre con la caída de las torres gemelas mientras el mundo interior de Eva se derrumbaba, borrosamente leyó el diagnóstico. Es cáncer con posible metástasis.

Dora Mirta y Eva salieron a la calle después de los estudios. El panorama era incierto para el mundo y para Eva.

—¿Qué quieres hacer? —preguntó Dora Mirtha.

—Tengo que pensarlo —contestó Eva.

El diagnóstico no era favorable. Había que ver un oncólogo. Eva le llamó a su mejor amigo y maestro, el Dr. Cruz Álvarez, quien le recomendó ver al Dr. Perales que había sufrido una caída. Esto le produjo fractura y estaba operado, necesitaba su mano para realizarle la biopsia.

Aquel 11 de septiembre, las torres acaban por derribarse luego de un atentado. Eva, con el diagnóstico en la mano, salió a la calle. Lucían desoladas; el puente internacional de Reynosa, cerrado y la gente, asustada. Por el momento vamos a esperar, le decía Cruz Álvarez por teléfono.

Entre estudios y biopsias no había mucho qué pensar. Había tanto dolor en el ambiente que Eva sintió mínimo su pesar.

En un pueblo como Nuevo Progreso todo se sabe. Monse, comadre de Eva, la visitó.

—Vamos, comadre, a ver al Dr. Y.

Aquel domingo de septiembre, con los estudios en el escritorio, el oncólogo fue contundente. El cáncer era invasivo y agresivo. No se sentía capaz de operar.

Acudieron con Cruz Álvarez. Se veía preocupado. Hizo una llamada.

—El Dr. Perales estará listo en dos semanas. Aconsejo

esperar a que se recupere de su mano.

Juan regresó a su trabajo.

Durante las dos semanas de espera, Eva recibió una invitación a una cena en el Restaurante Señorial. La invitación la había hecho el Dr. J. A. para poyar a los próximos candidatos del PRI, E. M. y M. G. Juan estaba en México, la acompañó doña Bertha.

Durante la cena, el Dr. A. le dice a Eva

—Ayúdanos, doctora.

—¿Cómo?

—Sé que le está preparando un homenaje a Mabel. ¿Qué necesita para el homenaje?

—Nada, doctor.

—¿Dónde lo va a hacer?

—En la plaza. Las mujeres de las colonias harán comida, cada una un guiso. El homenaje lo realizo yo, pero se lo hace el pueblo. Mabel tiene 86 años y nunca se le ha agradecido públicamente. A ver, doctor, ¿cuál es su idea?

—Mire, doctora. Yo sé que Mabel es apolítica, pero me gustaría que en ese homenaje E. M. estuviera o como usted diga, pero invítanos, doctora.

—OK, doctor. Están invitados.

El día del evento aparecieron decenas de políticos de Río Bravo y uno que otro de aquí. Muchísimo pueblo. Algunos americanos, Merle y Darline Lenz, Mona y Lynn Elizabeth y Mabel.

Mabel y Elizabeth lucieron cansadas, un poco de brillo se vio en los ojos de Mabel para decir gracias. Eva no sintió satisfacción.

—Algo hice mal al permitir el evento —comentó Eva con doña Bertha.

Fue la primera vez que Eva apareció en la escena política y lo hizo al lado de Mabel.

Aquella mañana después del evento, mientras desayunaba con Dona Bertha en la cocina de la casa de Eva, estaba recapitulando los hechos. No podía decir no al Dr. A.

—Doña Bertha, su hijo fue parte de la asociación. Te voy a decir, Mabel se merecía este homenaje, pero creo que a E. M. aún le falta. M. G. se ve más experimentada. Eva había visto a E. M. un par de veces durante la campaña de Gobernador, después de la graduación del COBAT, cuando Eva y Juan fueron padrinos de Felipe Ibarra. A M. G. era la primera vez que la veía.

Esta pareja perdió.

Eva fue operada un día después de las votaciones. Hubo tantas personas orando por ella. El tumor fue extirpado con éxito, la recuperación fue lenta; por cambios hormonales, empezó a deprimirse, lo cual fue pasando poco a poco.

Eva se dijo que tenía que retomar la vida y se levantó.

Había tenido tanto amor de la gente, nunca faltaron flores, ni fruta, ni besos, ni abrazos, ni oraciones. Nunca faltó Dios.

El día que Mabel, Mona, Margie y Darline visitaron a Eva, junto con su madre, al saber que Eva no necesitaría mucho tiempo para recuperarse, lloraron agradeciéndole a Dios.

Para el día de Gracias, Eva ya estaba mucho mejor. Acudió a cenar con Mabel y Elizabeth, había cuatro personas más, Mabel lucía desmejorada, apenas cenó.

—Ánimo —me dijo—. Gracias a Dios que estás bien. Tienes que empezar a familiarizarte con todo esto, yo no tengo mucho tiempo.

Para el último de diciembre de 2001, Mabel, con sus últimos esfuerzos, preparaba sus clásicos regalos para quienes ayudaba. Pidió a Eva que acompañara a Margie, Darline y Merle a entregar los regalos.

Al final sólo Eva, Darline y Merle entregaron los regalos. Chaquetas, despensas y algunos sobres de dinero.

El año 2002 empezó aparentemente sin novedades. Comenzaba la temporada de los Winter Texans y muchas enfermedades pulmonares.

El 2 de enero, Margie Butcher llama a Eva

—Mabel se ve mal y Elizabeth también. ¿Puedes venir o vamos por ti?

Merle Lenz pasó por Eva. Eva acudió, la inyectó y le dio tratamiento. Mabel se veía muy pálida, dormía mal, no comía. Le pidió que se hiciera un chequeo médico, a ella y a Elizabeth.

Háganlo por Medicare o Medicaid, los programas de salud para los adultos mayores, madres solteras y niños en EE. UU. No contestaron nada, ni se hicieron nada, sólo tomaron el tratamiento que Eva les recomendó.

La semana que siguió era el cumpleaños de Eva. Ella era la presidenta de los padres de familia porque sus tres hijas terminaban secundaria, primaria y kínder. Las madres de familia la invitaron a desayunar.

La mansión estaba llena, muchos conocidos. Eva se detuvo en una mesa, saludó a un tío de E. M.

—¿Cómo se siente Nuevo Progreso? —preguntó el tío.

—Todo bien, gracias. ¿Cómo está su sobrino? —preguntó Eva.

—Regresó a sus actividades y a un nuevo puesto. Un programa Estatal.

Entre los que desayunaban, un diputado (lo había conocido en el restaurante de Ángel) también lo saludó. En el camino de Río Bravo a Progreso fue pensando. El diputado lo había conocido cuando fue candidato. Después se fue a consulta a la base por la presidencia municipal, pero los comentarios en el pueblo eran que alguien apoyó por debajo del agua al nuevo presidente.

En los siguientes días se supo que el delegado de Nuevo Progreso era el Sr. D., una persona que vivía en Weslaco, Texas y era del Campo Treviño. Eva no lo conocía, ni siquiera de nombre, pero se sabía que alguien no lo quería y pondría a otra persona en su lugar.

A fines de enero, Mabel recae. Su aspecto era bueno, pero muy frágil. Preocupada, Eva le dice que es necesario y urgente una revisión e, incluso, internarse. Ese mismo día se internó a Mabel. El oncólogo les dijo que había metástasis en varias partes. No se podía hacer nada.

Darle calidad de vida y esperar la voluntad de Dios

El doctor sugirió, y estuvieron de acuerdo, que lo mejor era internarla en un Nurse Home (casa de cuidado médico), ya que su casa no tenía condiciones, ni la manera de cuidarla. Pero había otra situación, Elizabeth estaba sola en su casa, nunca en los últimos cincuenta años se habían separado. Ese mismo día se instaló a Elizabeth a lado de Mabel, más deprimida que enferma. Pasó hasta el último día de su vida con ella.

Mabel jamás perdió la conciencia en las tres semanas que siguieron. Varios grupos de americanos y canadienses, junto con miembros de diferentes grupos e iglesias, igual que Eva, pasaron día a día las semanas que siguieron. Durante esas tres semanas, el Nurse Home parecía tener fiesta, flores, globos y visitas nunca faltaron.

Jamás dejó de dar instrucciones, su estado emocional y mental era tan claro que Dios no le permitió sentir dolor.

Una visita que la hizo llorar fue la de los estudiantes de secundaria a quienes, previo a un permiso de migración, se les concedió el cruce. Los estudiantes acudieron con pancartas, agradecimientos con mensajes de amor y deseos de recuperación. Todos sabían que Mabel sólo tenía a Elizabeth, Jack su sobrino, la familia de Jack, los americanos, canadienses, las personas que ayudaba y a Eva.

El 20 de febrero Merle le llama a Eva:

—Voy por ti. Mabel quiere verte.

Con un frío que atacaba hasta los huesos, a las 7 de la mañana Eva estaba en el Nurse Home. Eva se dio cuenta inmediatamente de que eran sus últimos momentos. Se sentó a su lado, tomó sus manos, estaban frías, la besó en la frente, Mabel le devolvió el beso a Eva, mientras lloraba sin contener las lágrimas.

Mabel se veía tan bella, serena y lúcida. Con una hermosa sonrisa dio gracias a todos. Le habló a Margie, Merle y los demás:

—Quiero que ella (refiriéndose a Eva) continúe con todo y quiero que la apoyen.

Que todo siga igual como la familia que somos

Mona abrazó a Eva a través de su espalda, sin que Eva soltara las manos de Mabel hasta que Merle y Jack la llevaron a la habitación contigua donde estaba Elizabeth. Eva la abrazó, no dijo nada, apenas dos lágrimas corrieron por su rostro.

Volvieron a la habitación de Mabel. No sabemos quién cerró los ojos de Mabel al quedarse dormida.

Mabel murió el 20 de febrero de 2002, a las dos de la tarde, mientras dormía, rodeada de la gente que amó y que la amaron.

Gente de todos los estratos estuvieron ahí.

Mabel fue cremada. Sus restos le fueron entregados a Eva para que tomara la decisión de dónde descansarían. La decisión fue rápida. Mabel amó Nuevo Progreso, luchó tanto por una clínica, creó su propia clínica. Ahí descansarían sus restos, en la Clínica Mabel.

Tuvo tres homenajes de cuerpo presente en diferentes iglesias antes de la inhumación. Juan mandó hacer el proverbio chino con el que Mabel se identificaba en una placa de bronce para colocarla sobre sus restos.

El sábado 16 de marzo de 2002, a las 10 de la mañana, Jack llegó a la iglesia de Nuestra Señora de los Dolores en

Nuevo Progreso con una pequeña caja de madera. Se la entregó a Eva, se dieron un beso y se abrazaron. Eva besó la caja, la apretó contra su pecho, no había quedado pendiente nada, se dijeron todo y se hizo más. Entró con la caja a la iglesia, estaba llena, Mabel ya descansaba. Eva se encogió al ver a Elizabeth en silla de ruedas, se arrodilló, tomó sus manos sobre sus piernas, se abrazaron y lloraron en silencio.

Gracias, se dijeron ambas, Elizabeth y Eva.

Elizabeth entregaba la vida de Mabel, su pequeña hermana, su compañera de vida, la entregaba a Nuevo Progreso. Al terminar la misa, salieron caminando hacia la secundaria donde se le hizo un homenaje organizado por alumnos y maestros. La banda empezó a tocar, se dirigieron algunas palabras. Alumno por alumno becado pasó y tocó la pequeña caja de madera. De ahí se fueron a la Clínica Mabel donde el pueblo la esperaba, pastores, algunos políticos, representantes del Valle de Texas. Nadie fue invitado. Los presentes ahí estaban por iniciativa propia.

El 19 de marzo de 2002 sepultaron las cenizas de Mabel en la Clínica Mabel donde estregó todo, hasta su vida.

CUARTA PARTE

Algunos días después de que pasó lo del funeral de Mabel, Merle, Margie y don Randel acuden al consultorio de Eva para proponerle la representación legal de la asociación, la cual acepta.

Días más tarde, Mona y Lynn también la visitan. Ellos trabajaban con Mabel en el banco de alimentos en diferentes colonias, siendo la Jardín la más importante por la cantidad de habitantes. Desde ahí distribuían alimentos, ropa, etc., todo lo que podían para apoyar a las personas necesitadas.

Mona y Lynn habían bautizado a uno de los hijos de Alejandra, la presidenta de la colonia Jardín; le ayudaron a pagar su terreno y le construyeron una casita como a varias familias.

—Fíjate, Eva —le dijo Mona—, la casa de Alejandra esta saqueada y ella no está, ni su familia, nadie sabe nada de ellos. Ahí habíamos dejado cosas nuestras y tampoco están.

Nunca supimos qué pasó con Alejandra, ni cómo ese terreno de Alejandra pasó a manos de Toña, quien después se quedó como presidenta de la colonia. La situación era un poco preocupante para continuar ahí, pero se tenía que seguir trabajando.

Dolió ver la cara de tristeza de Mona y Lynn, habían ayudado tanto a Alejandra y a sus hijos por años y se fue de la noche a la mañana, sin despedirse.

Esa noche Eva le platica a Juan, su esposo, lo sucedido en la Jardín:

—Eva, si quieres, usen el terreno que realmente son dos.

Eva se los comunicó en dos semanas. Mona y Lynn

construyeron cuatro casitas donde, hasta el 2014, sin contratiempos se continuó con la labor iniciada en esa colonia por Mabel, Mona y Lynn (2002-2014).

Hasta ese momento, Eva conoce el movimiento político de la colonia. La salida de Alejandra convierte a Toña en la nueva presidenta con ciertas oposiciones de otras dos líderes, Lety (+) y Adelfa, como hasta entonces Eva no se involucraba en política, la situación quedó entre los colonos. Toña era muy hacendosa, pronto se ganó la confianza de Eva, Mona y Lynn aseando las casitas, preparando comida para ellos, organizando las listas de ayuda de las necesidades de las personas, ya que Eva tenía mucho trabajo y sólo acudía una o dos veces al mes.

Con los años Mona y Lynn fueron otros padres para Eva. Toña, con los beneficios de ellos, se fue ganando un lugar que la colocó en un lugar cómodo.

Con la muerte de Mabel, los grupos se dividieron. En área médica, educativa, banco de alimentos y área de construcción. Algunos se retiraron a sus iglesias. Personas como Judy Thompson, Josie Olsen, Karen Silver y Sister Mouren, entre otros. Hicieron sus propios grupos de apoyo y a quienes se les apoyó en ocasiones con nuestros permisos.

Todos estos cambios hicieron de Nuevo Progreso un Edén donde, como dice el dicho, quien tuvo más saliva, comió más pinole. Había personas beneficiadas por más de dos o tres grupos. Así fue como Eva se fue familiarizando con las colonias y sus líderes, historias de oportunistas y abusos quizás por necesidad o facilidad. Se vieron, y se siguen viendo, tantas cosas. Entre tanto apoyo se suavizaron situaciones de infinidad de familias, en otros casos se hizo daño.

Así como Mona y Lynn se encargaban del banco de alimentos, de construcción de casas y de otros apoyos, Margie Butcher se hizo cargo de la administración de la clínica, Merle Lenz de las becas y varios grupos más que venían una vez por año a construir las casitas y reparar otras, además del grupo de amigos de los niños que por años repartían juguetes y más el día de Navidad, el cual se formó de diferentes Winter Texans que estaban en los parques.

Los días, semanas y meses que siguieron, trabajamos todos juntos. Eva no supo en qué momento toda la responsabilidad quedó en sus hombros, con el apoyo de Merle y Darline Lenz, Mona y Lynn, Marge Butcher, siendo los más cercanos. Una de las tardes algo escuchan Mona y Lynn que se detuvieron en el consultorio de Eva. Traían un peluche para Elvirita y un pastelito para ella, con una nota adjunta que decía que Mabel advertía que debía tener cuidado con algunas personas. Anexo la nota exacta de Mona y su traducción.

—¿Qué haces, Eva? —pregunta Mona.

—Creo que es importante que el mundo sepa quién fue Mabel.

—¿Qué te gustaría hacer?

—Voy a escribir su historia, Mona. Tengo algo escrito de lo que viví con ella, tú sabes que me gusta escribir.

—OK, aquí estaremos Lynn y yo contigo, hasta donde las fuerzas y Dios nos lo permitan.

Aquella mañana de invierno de 2002, Eva empezó a escribir sobre Mabel, aunque realmente la historia se había escrito once años antes en la vida de Eva y cincuenta y tres años antes (2020) en la historia de Nuevo Progreso.

Como era costumbre, Eva escribía en aquellos diarios lo que vivía día a día. Buscó en una caja infinidad de periódicos que conservaba. En otra había muchas fotografías y papelería. La empezó a organizar por fechas y eventos, continuó escribiendo mientras pensaba, ¿a dónde quería llegar escribiendo la historia de Mabel? Estaba sola. Juan A., su esposo, estaba en el D. F. Sonó el teléfono:

—¿Qué haces, amor? ¿Cómo están mis hijas? ¿Cómo te fue?

—Todo bien. Las niñas están dormidas. ¿Sabes? Empecé hoy mi primer libro Mabel o Eva a través de Mabel.

—Me gusta el segundo título —le contestó Juan A.—. No te desveles mucho. Descansa.

Mabel tenía tanto para decir como mujer, como artista y como ser humano. Una mañana, mientras desayunaba con Mary Lucio, su amiga periodista, le comentó:

—Fíjate, Mary, que voy a escribir la historia de Mabel en un libro.

—Magnífico, doctora. Será una bellísima historia.

¿Qué hubiera pasado si Mabel no hubiera tenido aquel accidente en helicóptero? ¿Quizás hubiera sido madre? ¿Famosa como concertista? Los designios de Dios no son cuestionables. Su destino había sido Nuevo Progreso.

El 3 de mayo de 2002, Merle Lenz como presidente de la clínica junto con Russ Duer, tesorero, y Elizabeth Davis. Además de Eva acudieron a visitar al Sr. D., en ese momento

Delegado de Nuevo Progreso.

Mabel, junto con ellos, había construido unas aulas en la colonia Candanoza, pegada a la Jardín. Las habían amueblado con sillas, escritorios, mesabancos, pizarrones y más, había planes para un kínder o una guardería.

—Nos gustaría, de ser posible, que el kínder o guardería llevara el nombre de Mabel, ahora que ha muerto —ignoraban que no estaba en manos del delegado—. Sin embargo, los trató amablemente y les dijo que lo comentaría con el presidente. El presidente accedió a la petición.

En junio de 2002, algunas mujeres del Ejido Veracruz y Progreso acudieron a visitar a Eva en su consultorio encabezado por Alicia Navarro.

—Eva, queremos que los americanos y tú vengan al Ejido para agradecerles por la construcción que están haciendo del kínder. Hubiéramos querido haberle puesto el nombre de Mabel, pero ya el Presidente Municipal le había puesto el nombre del Dr. Eduardo Candelaria, Director del DIF, por todo el apoyo que nos han brindado, que nunca se compara con el de Mabel.

—Tendremos una comida para ustedes.

Con gusto acudieron un grupo de americanos, algunas colonas y Eva.

Noviembre 2002

Ese año, para el Día de muertos le fueron dedicados en varias escuelas, colonias y casas el altar de muertos. El de la secundaria No. 28 fue muy emotivo y bonito.

30 de diciembre, 2002

El invierno llegó. Eva, Mona y Lynn se prepararon para la entrega de despensas, ropa, juguetes y cobertores para Navidad. Los otros grupos, como los Amigos de los Niños, igual ese año se recibió la donación de un lote grande de juguetes y también se repartieron en la Clínica Mabel.

La noche anterior al año nuevo, Merle visitó a Eva:

—Eva, vinimos Darline y yo a desearte Feliz Año. ¿Qué te gustaría hacer para el aniversario de Mabel?

Platicaron de la celebración del primer aniversario del fallecimiento de Mabel, de cómo, cuándo y en dónde se repartían las becas y de todo lo que se haría en el 2003.

El 20 de febrero de 2003 realizaron el primer aniversario del fallecimiento de Mabel. Misa en la Iglesia Católica. Festejo en la Clínica Mabel. El sábado 21, domingo 22 y lunes 23, se entregaron las becas por primera vez sin Mabel. El 7, 8 y 9 de marzo de 2003, tuvieron la primera campaña médica en la "Clínica Mabel". Se recogieron 35 pacientes de cada colonia escogida para pacientes especiales. La campaña fue un éxito.

El 4 de octubre de 2003, el mundo se paralizó en Nuevo Progreso. A media mañana se escuchó una explosión que estremeció a todos. La explosión se escuchó por el rumbo de la Colonia Jardín; era realmente en la colonia Benito

Candanoza, a un costado de la Jardín. Ahí había una persona que se dedicaba a hacer cohetes y luces de pirotecnia que, por descuido, suscitó la explosión.

El corredero y movimiento se vio. De inmediato empezaron a llegar heridos. Entre Eva y su enfermera atendieron sin medida, la sala estaba llena de heridos. El teléfono sonó; era María U.

—Doctora, hay dos niñas quemadas frente a mi casa. ¿Qué hacemos?

Corrieron al lugar, María conduciendo una Suburban. Eva atrás con las dos niñas, requerían de hospital por la gravedad de las quemaduras:

—Vámonos a Weslaco. Yo —dice Eva— me hago responsable del cruce.

Pasaron por un tanque de oxígeno al consultorio de Eva donde continuaban llegando heridos. En minutos, estaban en el Hospital de Weslaco. De ahí las trasladaron a McAllen donde permanecieron hasta su recuperación total.

La mama de la niña fue atendida en el Hospital General de Reynosa por heridas de mediana consideración. A María Hernández, la abuela de la niña, le fue amputada una de sus piernas por la explosión.

Hubo muchos heridos, pero la familia de María Hernández y la de Reyna y Pancho, fueron las más afectadas. Pancho también fue atendido en EE. UU., en un hospital de Houston. Sus heridas fueron considerables y su recuperación, lenta. Él trabajaba con el dueño de los explosivos, quizás por eso le tocó la peor parte.

La explosión destruyó las aulas hechas por Mabel para el Kínder.

En noviembre de 2003, nos reunimos en la clínica para celebrar la bienvenida de los Winter Texans y ponernos de acuerdo para la entrega de ayuda.

Cocinamos para compartir alimentos entre nosotros y con las personas que asistieron. Nos acompañó Jack, el sobrino de Mabel. Había que celebrar que pronto tendríamos las escrituras del terreno de Mabel.

El 4 de noviembre de 2003

Con el Decreto 378 se autoriza la donación del terreno donde está constituida la Clínica Mabel.

2003

A principios de diciembre estaba por cerrar Eva su consultorio, cuando una señora del pueblo llega corriendo con una niña de unos 4 años en brazos.

—Doctora, la niña se está muriendo.

La atendió rápidamente y le dijo:

—Vamos a cruzarnos al Hospital a Weslaco.

—No tenemos papeles.

—No importa. La vamos a pasar.

Llegaron al puente. Los dejaron pasar. Como ella, se consiguieron trasladar algunos niños con situaciones de salud especiales.

Una semana después, la señora de la niña llega con su esposo; traía un rico pastel.

—Gracias, doctora, por su apoyo. Esto es lo mejor que

podemos regalarte.

Él era un importante proveedor de artesanías en el pueblo. Acudieron regularmente a surtir mercancías y vivían en una casa por la secundaria.

Se sentaron en la sala de espera. El esposo de Eva estaba en tiempo de trabajo fuera; sólo las hijas inquietas esperaban.

—Le puedo decir algo, doctora —comentó el señor.

—¡Claro! Dígame.

—A raíz de lo que ha estado haciendo, primero con las niñas quemadas, luego con mi hija y creo que con dos personas más, le pusieron la Madre Teresa algunas personas. Tenga cuidado, doctora, a esas personas no les gusta que alguien más les quite imagen o les haga sombra.

—No se preocupe. Sé quién soy. Seguiré haciendo lo que sea por la gente.

No se habló más.

2004

El tiempo siguió su curso. El año inició con mucho bullicio en el pueblo. Los Winter Texans abarrotaban los comercios, restaurantes, dentistas y médicos. Todos siguieron haciendo sus trabajos en las diferentes áreas de Mabel.

Se hizo el aniversario de Mabel, se entregaron regalos por parte de Eva en la colonia jardín, al lado de Mona y Lynn. Se hicieron casitas.

En febrero, después del segundo aniversario que se hizo esta vez en la secundaria, se entregaron las becas en la Clínica Mabel.

El 22 de abril, mientras consultaba, Eva recibe una

llamada. Era Judy Thompson.

—Dra. Eva, por favor, ayúdeme. Me van a llevar a la cárcel, me están quitando todo.

Dejando la consulta en espera, Eva se va a la aduana que estaba a cuadra y media de su consultorio.

—¿Qué pasa? —preguntaba Eva al llegar a la aduana.

Judy, sin intérprete, nerviosa y llorosa, le dice a Eva en inglés que pasaría una lista de cosas para el área donde consultaban en la iglesia de la colonia Mabel. Era una iglesia metodista donde se daban consultas, despensa y más como lo hacía Mabel, ahora sin ella. Judy fue proveedora para Mabel. Al morir ella, se fue. Se congregó en la iglesia metodista, no supo de ella por más de un año, hasta esa mañana que llamó.

—Señor oficial, ¿qué pasa? —preguntó Eva.

—La señora Thompson está pasando un Vann sin declarar, repleta de artículos médicos que no son legales.

Judy seguía nerviosa, abogando en inglés, por su Vann y sus cosas.

—¿Qué se puede hacer? —insistió Eva.

—Nada, ya está todo confiscado y ella deberá acompañarnos a Reynosa.

—Eva, por favor, haz que no me lleven —pidió Judy.

—Yo me responsabilizo de ella —dijo Eva.

—Ella tiene que acompañarnos a Reynosa. La Vann con todo está confiscada. Ella, el vehículo y la mercancía se ponen a disposición de la aduana.

Eva llamó a un amigo abogado. Nunca había sucedido algo parecido. No tenía idea de qué estaba sucediendo. Le pidió a una de sus trabajadoras que hablaba inglés que acompañara a Judy a Reynosa mientras terminaba de atender a sus pacientes.

Eva habló con Judy:

—No te preocupes, te va a acompañar alguien que habla inglés. Ya se le habló a un abogado.

Para entonces, Judy le había llamado a su esposo, el reverendo Rea Thompson. No hubo poder humano que permitiera que Judy no fuera a Reynosa. Eva habló con el reverendo Thompson, Judy y él eran una pareja que ayudaba a diferentes instituciones en la franja fronteriza.

Ya casi al anochecer Eva se trasladó a Reynosa, había que contactar a una agencia aduanal, recabar cartas de quienes donaron la mercancía y quienes la recibirían. Tenían diez días para ello. Toda la mercancía era material y enseres para hospitales, cuidados de enfermos, como pañales, entre otras cosas.

Por el lado de los donantes estaban:

1.- Fundación de LEAP, dedicada a cambiar vidas, de Addison, Texas, a cargo del presidente y director, Sherry Colburn.

2.- El centro para la esperanza y la curación de Southlake, Texas, a cargo del Dr. James J. Mahoney M. D.

3.- Hospital de Niños Driscoll, centro médico de niños del sur de Texas. Dr. William R. Allen M. D. F. A. A. P., director médico de servicios administrativos.

Por el lado de los beneficiarios:

1.- Hogar Quietud, asilo de ancianos, firmado por el Lic. Enrique Moga Acosta.

Todo a través de We Got Word Inc., dueño Daniel García Ordaz.

No se pudo hacer nada. Se perdió la mercancía y el transporte y se pagó una multa. Judy Thompson se fue retirando poco a poco de Nuevo Progreso.

Julio 17 2004, entrega de becas en la Clínica Mabel

Verano 2004

En la época dorada del PRI, en Nuevo Progreso prevaleció un cierto caciquismo. Eso motivo a que Eva estuviera en el ojo de los intereses de algunos políticos. El carácter fuerte y de ideas intransferibles y su trabajo en Mabel hicieron de Eva una persona en ocasiones necesaria en muchas situaciones.

El esposo de Eva trabajaba en PEMEX. Era un comisionado sindical con buena posición en el sindicato nacional. Eso motivaba la curiosidad por un lado y la intriga de otros. Empezaron a invitarla a distintos eventos como parte de Mabel o de la asociación médica. Representaba la vulnerabilidad de los pobres y la fuerza médica.

Mientras consultaba recibió una llamada. Era Martita de la Clínica Mabel.

—Doctora, venga por favor. Hay una persona de salubridad. Quieren cerrar la clínica. Está pidiendo unos permisos que no sé cuáles son.

En cuanto se desocupó, Eva se dirigió a la Clínica Mabel. Estaban clausurándola. Se había vencido el permiso de la licencia sanitaria. No se les dio oportunidad de espera ni de tiempo, como suele darse para arreglar el permiso. Se supo quién ordenó la clausura, por qué y que harían la apertura lo más difícil posible.

Los trámites se llevaron dos meses, se pidieron cambios en la administración y se acataron todas las indicaciones. Durante el proceso acudieron a Reynosa dos veces, hasta que el caso se turnó a Ciudad Victoria. Se hizo una cita para la semana siguiente. El 7 de julio, a las 10:00 AM, acudieron Eva, Merle y

Darline Lenz, Marge Butcher y Gloria Morales al Departamento de Regulación de Servicios de Salud, ubicado en palacio federal, cuarto piso, calle 8, Morelos y Matamoros, Zona Centro de Ciudad Victoria. En ese lugar, Eva tuvo una sorpresa.

—Hola, qué agradable sorpresa —le dijo el Dr. Sol, jefe de ese departamento. Había sido jefe de Eva en su servicio social y después cuando fue jefa en el Departamento de Medicina Preventiva en el ISSSTE de El Mante.

El lunes estarán retirando los sellos de clausura.

—Haz lo posible por acatar las indicaciones. Esto es cuestión política. Sé de ti, que eres una luchadora social.

—¿Política por qué?

—Tu labor altruista no le conviene a alguien —atinó a decir.

—Gracias, doctor. Tomaré en cuenta sus palabras.

Se dieron la mano y se despidieron.

Durante el camino, Gloria les tradujo palabra por palabra a los americanos. Merle le pasó el brazo a Eva y le dijo:

—No te preocupes. Siempre estaremos contigo.

La Clínica Mabel se abrió con nuevo proyecto. Empezaron con las cirugías de cataratas que se hacen dos veces al año (hasta el 2019). Se hizo el área de quirófano con apoyo de Mr. Spark. La situación política en Nuevo Progreso en aquellos días era crítica. El presidente municipal se veía presionado para quitar al delegado que, si bien no era rechazado por el pueblo, había intereses más importantes. El delegado se fue (Sr. M) y llegó otro que le apodaban El Bolón.

Aquí hago hincapié: los miembros de Mabel agradecen la participación que tuvo el Lic. Héctor Garza, El Guasón, para impulsar desde el congreso local la apertura nuevamente de la Clínica Mabel.

En ese tiempo, a través de Mona y Lynn, Eva se organizó y empezó a dar apoyo a distintas colonias, las despensas eran lo más pedido. La mayoría de los presidentes que eran elegidos por los colonos, también recibían ayuda por parte del gobierno o sus grupos o partidos políticos. Y, como en todo, hubo abusos. Una gran mayoría de los americanos y canadienses de la tercera edad que se retiran, buscan la manera de ser útiles apoyando de manera altruista. Pero hay otros que se esconden tras esa imagen para ocultar sus oscuras intenciones. Don Spencer fue uno de ellos (no sabemos si vive o no) (2020). La historia de Don Spencer con Lolis tiene un capítulo aparte.

Hasta este momento, Eva no se involucraba con política. Eran las acciones por Mabel la que la relacionaron con el círculo político de cada tiempo.

21 de septiembre 2004

Por este conducto le informamos a quien corresponda de todas y cada una de las anomalías que comete la señora Lolis en cada una de las colonias de Nuevo Progreso, en relación con las ayudas que los americanos mandan a esas diversas colonias, iglesias y comedores:

1.- La Sra. Lolis desvió los recursos económicos que enviaban para el comedor de la colonia Francisco I. Madero, el cual no se sabe con la autorización de quién los desvió y el pastor de esa iglesia tuvo que conseguir para que los cien niños no se quedaran sin su alimentación diaria.

2.- En la colonia El Triunfo están llegando las ayudas de los americanos, pero la Sra. Lolis sólo se las da a quienes ella quiere y a las que tienen la credencial de la Clínica American Help no les está dando la ayuda. Las señoras de bajos recursos pusieron la queja de que ella no les está dando nada, al parecer, sólo se las da a la Sra. María Hernández y es por eso la molestia, porque las demás las están utilizando con fines políticos para el partido que ella está apoyando que es el PRI.

3.- La Sra. Lolis, además, está involucrada sentimentalmente con el americano Don Spencer; es por eso que ella se siente con ese derecho de hacer lo que quiere con todas las ayudas que aparte los dos venden.

Es por eso que todas las madres de familia estamos enviando este escrito a quien corresponda de la iglesia metodista, para que ya se pueda parar todos estos abusos de la Sra. Lolis y la Sra. María Hernández en lo que respecta para nosotros y nuestros hijos, porque ya estamos cansadas de este tipo de personas y sabemos que usted manda las ayudas de mucho corazón para toda la gente, pero ignoran los abusos de las personas que las distribuyen.

Esperamos contar con todo su apoyo para una respuesta pronta y segura para nuestra tranquilidad.

Anexo carta enviada por colonos.

1 de diciembre, 2004

Dra. Eva:

Por favor, dile al oficial del Departamento de Salud en una carta o nota en español.

Haremos remodelaciones a la clínica Consultorio Médico

Gratuito Mabel A. C. Tenemos un plan para remodelar la estructura de la clínica. Haremos los consultorios necesarios. Todo lo que se requiera se hará.

Gracias por las consideraciones

Margarie Butcher
Secretaria

En diciembre del 2004 se entregaron despensas, juguetes, cobertores y ropa de invierno. Se hizo el programa de actividades de la clínica, campaña médica y cirugías oftalmológicas de cataratas para el 2005. Quien realizaría las cirugías sería un doctor hindú, nacionalizado americano. Iríamos con el cónsul para que nos apoyara con eso. Haríamos el evento del aniversario de Mabel en febrero y la entrega de beca.

Una de las actividades anuales que se hicieron antes de la pandemia era un desayuno donde se recibían donaciones públicas para los gastos de la clínica y buscar estudiantes. La lista de los siguientes parques fueron base fundamental para los principales programas de Mabel.

Salud y Educación

Después de la apertura de la clínica, que nos hizo más fuertes, ya que se empezó con cirugías de cataratas, se le hizo la invitación a la presidenta del DIF en el estado.

Durante el aniversario luctuoso de Mabel, Merle Lenz

hizo el anuncio.

En mayo de 2005 acudimos Marge Butcher, Merle y Darly Lenz, Gloria Morales y yo, al consulado de México en McAllen, Texas. El Sr. López Moreno nos recibió, escuchando nuestra petición atentamente. Queríamos que se autorizara a dos oftalmólogos extranjeros practicar cirugías gratuitamente en la Clínica Mabel en tiempo de campaña.

A veces los impulsos nos traicionan. El hablar sin pensar no es lo mismo que decir lo que piensas. O hacer lo que se siente, no es sentir lo que se hace.

La sinceridad es un don que no te privilegia, la franqueza no siempre agrada y, a decir verdad, la mentira será lo que la verdad quiera. Así es que el tiempo marca la pauta.

Días después recibí una llamada.

—Doctora —era un periodista—, ¿me puede recibir?

—No tengo por el momento mucho por decir. En otra ocasión hablamos.

Pensé en voz alta, ¿cuándo empezó esta historia? Una noche de insomnio, cuando me pidieron que redactara una carta para el presidente de México de aquella época, el Lic. Carlos Salinas de Gortari. Escribiré, me dije, todo lo que viva, para dejar escrito lo que vale la pena. Servir, ayudar, soñar.

El 2006 empezó. Mona cumplía años un día antes que yo, 14 de enero. Nos habían empezado a festejar juntas tres años antes.

Leticia Ibarra Juárez fue mi primera enfermera. Me apoyó con mis hijas Evita y Lili en mis inicios como médico independiente en 1992. Su hermano menor, Felipe, estaba en la secundaria de la posta cuando inició en el programa de las becas de Mabel. Lo conocía desde niño. Dios lo bendijo con extraordinarios patrocinadores. Feme enviudó dos veces y se retiró a Canadá en el 2018. Feme fue de gran soporte en su vida. Mabel la escogió en vida para ayudarle porque también apoyaba a su familia que vivía en la posta.

Felipe, con la ayuda de sus padres, Pancho que es albañil y María que hacía de todo, el apoyo de Mabel y Fame, inicia trabajando con Eva en la farmacia como dependiente antes de cumplir 15 años. Ayudaba en todo, los fines de semana. Estudió preparatoria, universidad, se casó, siguió estudiando, se graduó y, ya graduado, trabajó en el centro médico de Eva por algunos años. Hoy el Dr. Felipe Ibarra Juárez es médico con una buena reputación.

Gracias, Mabel, por tu ayuda. Gracias, Dr. Felipe, por ser persistente y realizar tus sueños.

El lunes 15, consultorio lleno. Mientras Eva trabajaba recibió una llamada:

—Cuídate, doctora. Te va a fregar salubridad. No pude hacer nada para evitarlo.

—No te preocupes —le contestó—. Todo tengo en regla.

Una hora después llega un ingeniero de apellido Sánchez del Ángel. Lo recibió Juanita, la encargada de la farmacia propiedad de Juan, esposo de Eva.

—Venimos a revisar la farmacia. Muéstreme los libros —fue lo primero que dijo.

Revisan los libros casi llenos, vitrinas, no encontrando nada anormal. Afuera en la esquina, junto con personas de Sánchez del Ángel, está una persona que le apodan Mascarita Sagrada. Le llamaron a Juanita, la asistente de Eva, está hablando por radio y viendo hacia la farmacia de Juan y consultorio de Eva. Como reguero de pólvora en temporada de Winter, en menos de una hora estaba rodeado de reporteros. El primero que llega, Tino Loo (+) y García B., encaran a Sánchez del Ángel, poniéndolo nervioso. No tenía ninguna excusa para clausurar.

Después de un rato le dicen a Eva, ya que Juan no estaba.

—Le voy a clausurar la farmacia porque esta puerta no debe estar ahí.

—¿Por qué? —contesta Eva.

—No puedo decir nada, doctora. Son órdenes y procede a poner los sellos en la puerta frente a la banqueta y en la gaveta de controlados.

Fue noticia por varios días. A la mañana siguiente, una persona llegó, quitó los sellos y le dijo a Eva:

—Ten cuidado, doctora. No quieren que brilles. Por el momento, todo está bien, no te preocupes.

Quince años después, tras altibajos, no se ha dejado de trabajar en nada que no ha sido posible, demostrando que nada hay bajo la sombra. La verdad siempre sale a la luz, tarde que tempano. La luz siempre aparece al final del túnel.

Eva quería omitir esta experiencia, pero, aunque duela, es la historia de Mabel a partir de Eva, porque era su trabajo en Mabel lo que se quería opacar para que no creciera. Nunca se supo realmente en qué afectaba a algunos el trabajo de Eva en Mabel.

Eva representaba piedritas en el camino para algunos personajes políticos de esa época. La gente de las colonias la querían y apoyaban todo lo que ella encabezaba. Era la presidenta de los médicos, tenía el apoyo de la asociación Mabel. Eso se comentaba en algunos círculos.

Marge Butcher y Gloria acudieron a visitarla una mañana de enero.

—Eva, nos están queriendo condicionar. No quieren que tú sigas en Mabel. Dicen que mientras tú nos representes legalmente y seas parte de la clínica, nos seguirán molestando.

—No se preocupen —les dijo—. Mabel es un legado que voy a seguir. Hagan lo conveniente. Nadie me quitará ese derecho.

Esto fue motivo de discusiones entre los americanos y canadienses. Mr. Spark y Julie intervinieron para calmar los ánimos. Sin Eva algunos decidieron retirarse. Marle Lenz dijo tajante que renunciaba al Board de la clínica para dedicarse exclusivamente a las becas y los estudiantes. Mona y Lynn, al banco de alimentos y construcción de casas.

Ángel Urcullu remplazó a Eva por unos meses. Después de terminado el último año de gobierno municipal, se volvió a la calma.

Ni Marle ni Mona volvieron al Board de la clínica.

El programa de oportunidades estaba en su apogeo. Magdalena Pérez Suchitl (+) era una de las voluntarias de Mabel. Marle y Darline le querían mucho. Fue la primera afectada al retirarla del programa sin excusas. No era parte del PRI;

además, era amiga de Eva. No recibió nunca más ayuda del gobierno. Empezó a trabajar con la Dra. Cynthia, siguió apoyando en todo a Eva y recibiendo el apoyo de Mabel para ella y sus hijos. Hubo más casos, fue un tiempo de persecución para Eva y su gente.

La prensa pagada fue implacable contra Eva.

Dr. Adalberto Yáñez:

La agrupación te deja esta nota de periódico y esta reseña. Por favor, hazla llegar al Dr. Salomón que entiende muy bien inglés. Yo sé, y quiero seguir creyendo, que salubridad actúa con legalidad. ¿Por qué permite que se politice? En Nuevo Progreso la revisión de los dentistas y el cierre de algunos negocios y consultorios ha dejado mal al PRI y sus candidatos. Yo, Eva, me considero Priista, pero la Clínica Mabel es otra cosa que no tiene nada que ver con política.

¿Ahora qué sigue? ¿No vamos a esperar hasta el 14 de noviembre que son las votaciones para que esto se resuelva? Ojalá que esto se resuelva a la brevedad posible porque quienes trabajamos en esto nos queda una sensación de frustración.

Quienes conocemos al Dr. Salomón y a la Dra. Puga y su honestidad a toda prueba por años, no creemos que estén enterados. ¿Qué se necesita para hacer las cosas bien?

Saludos.
Eva Lilia

Uno de esos días del 2006, Juan Antonio Guajardo (+) le

llama a Eva:

—Doctora, ¿estará usted en su consultorio?

—Sí, licenciado.

—Pasaré a visitarla mañana.

—Hola, doctora —llegó saludando el licenciado Guajardo a Eva—. Sé que su esposo se está jubilando.

—Ya se jubiló, gracias a Dios. Anda fuera del pueblo por unos días —contestó Eva.

—Vine a visitarla, doctora, y a darle un consejo sin que me lo pida, pero es necesario que se ampare bien. Escuché que tiene planeado un hospital en el terreno de la clínica.

—Así es, licenciado. Hay un ofrecimiento. Ojalá que se realice.

—Empiece a hacer un patronato o una nueva asociación para que esté legalmente constituida con todo lo que eso requiere desde Hacienda. Si en algo puedo ayudarle, lo haré con mucho gusto.

Platicaron de otros temas. Quería de nuevo ser presidente. Platicó de cómo conoció a Mabel siendo él muy joven. Creía, como yo, que Mabel había sido muy importante en el turismo.

Se hizo la nueva asociación civil Hospital Mabel Tres Naciones con acuerdo de todos.

En el verano del 2006. Nos tocó ser padrinos de varias generaciones de escuelas.

Las juntas oficiales de los Board en EE. UU. siempre fueron la segunda semana de noviembre, antes del Día de Gracias y la última de febrero o primera de marzo, antes de que los Winter Texans se fueran.

Había dos tipos de juntas: las del Board con la directiva que a veces éramos como veinte y la de coordinación con los parques con más del doble. Quizás porque son personas adultas, educadas y de otra raza, pocas veces escuché discutir; se daban opiniones, muchos las llevaban por escrito previo a la reunión, se les daban a los directivos, se analizaban y se sometía a voto si debía o no hablarse del tema en la junta principal. Así fue por años, incluso pase al rompimiento formal de Marle Lenz y Margie. Ellos siguieron apoyando en lo que cada uno emprendió. Y siguieron con Eva.

Hubo ciertos desajustes cuando llegó Dick que no conoció a Mabel y los últimos años con Betty O. Lo de Heather Mc Claine es otra historia.

Para el 2007 se reunieron Marle Lenz, Darline, Gloria Morales y Eva a desayunar. Juan Antonio cocinó para ellos. Marle y Darline serían homenajeadas como los personajes del mes por una revista del valle. Juan le dice Marle:

—Tendremos un autobús para los estudiantes que van a Río Bravo.

—¿Tendrás tiempo de administrarlo? ¿Conseguirás un chofer de tu confianza? ¿Cómo ves?

—Claro —contestó Juan—. Encantado de hacerlo.

Fue una época de varios años con don Lauro Cantú de chofer, Asalia Aguilar y Maydelin Ayala apoyando y coordinando a los estudiantes que iban y venían del CBTIS, COBAT y CONALEP. Juan, el esposo de Eva, supervisando todo. Cuarenta y dos colonias eran, y continúan siendo, favorecidas por los programas de Mabel.

A mediados de abril se suscitaron problemas entre los colonos de la Colonia Jardín. Había inconformidad por los repartos de las ayudas. Se suscitaron chismes. Leticia Curiel (+), que era una de las tres líderes de la colonia, hizo aclaraciones públicas defendiendo el nombre de Mona y Lynn. Días después se convirtió en la presidenta de la colonia al sustituir a Toña. La otra líder era Adelfa que siempre fue de izquierda.

Noviembre-Diciembre 2007

Shining Light Ministries

La familia Mc Clain fue paciente por años de Eva. Tenían una cantidad de millas abundante al norte de Mission, Texas. Había una iglesia, una estancia grande donde, además, habitaban otras familias dedicadas al apoyo de la iglesia y su ministerio, bajo las siglas de la religión Bautista.

Educaban caballos para ejercer equino-terapia y tenían unos jóvenes que se rehabilitaban con ello. Decían que tenían varias pequeñas misiones en la frontera del Río Bravo. Con todo eso eran personas confiables. No recuerdo el año preciso cuando Mr. Mc Clain sufrió un accidente mientras paseaba con sus caballos en un evento de Navidad. Estuvo tan grande que fue un milagro su vida. Durante el trayecto de su recuperación, Eva lo atendió hasta que se recuperó.

Uno de esos días Merle y Darline visitaron a Eva. Ahí estaban Mr. Mc Clain y Heather, su hija, quienes escucharon parte de la conversación. Se trataba de la posibilidad de construir un pequeño hospital en el terreno al norte de la clínica Mabel.

Pasaron algunos días cuando llegaron Mr. Mc Clain y Heather de nuevo:

—Queremos comentarle algo, Eva —en perfecto español—, ¿cuánto se necesita para construir un hospital? ¿El que Mabel quiere? ¿Cuánto? Podemos conseguir para ello en la próxima reunión anual Jubille Bible. Vendrán hermanos de varios lugares del mundo.

Para entonces ya había un patronato llamado Hospital Mabel 3 Naciones A. C. Eva, Merle y Darline Lenz acudieron varias veces a reuniones para obtener los recursos para la obra. Se hicieron los trámites legales, como dato, entre la clínica Mabel y el hospital. Se empezaron los planos, estudio de la tierra y todo lo necesario para realización de la construcción. Se pidió aprobación del congreso. Todo estaba listo para iniciar. Eva, como presidenta; Gloria Morales, secretaria; Heather Mc Clain, tesorera; y la Q. F. B. Ana Meli Reyes, Mr. Mc Clain y Merle Lenz, como vocales.

El patronato del hospital, la Clínica Mabel, Mona y Lynn con el banco de alimentos y Mexican Children's Refuge, continuamos trabajando juntos como fundación Mabel.

Fue tanta la confianza que nos dio la familia Mc Clain que Merle Lenz, que empezaba con Parkinson, le decía a Eva:

—Me quiero retirar poco a poco. Quisiera dejar el programa de becas en manos tuyas y de Heather, ¿cómo ves?

—Como usted decida, Merle.

Shining Light propuso a una miembro de su iglesia,

Isabel, no recuerdo el apellido, para que apoyara con la administración. Se le pagarían 200 dólares por semana por hacer las cosas que Merle hacía voluntaria y gratuitamente por años. Nunca supe realmente cuál fue la función real de Isabel. Merle siguió haciendo lo mismo.

Una de las personas que fue de gran ayuda para los permisos de lo que pudo haber sido el hospital Mabel fue el Dr. Rodolfo Torre Cantú (+), estando como secretario de salud, en tiempos del Ing. Eugenio Hernández y el secretario federal, el Dr. José Ángel Córdova Villalobos, en tiempos del Lic. Fox como Presidente de la República.

2008-2009

El proyecto, entre planos, permisos, etc., se llevó casi dos años. Pronto se estableció que en noviembre se pondría la primera piedra. Se haría una ceremonia. Para ello, el invitado de honor sería el Gobernador del Estado, el Ing. Eugenio Hernández Flores.

Los años que siguieron en los tiempos de Shinning Light en las becas fueron de estira y afloja. Se escuchaban rumores de mal uso de recursos en otras actividades de la familia Mc Clain. Las líderes de la colonia, apoyadas por políticos haciendo de las suyas. Merle Lenz y yo, con los ojos bien abiertos, observando lo que sucedía. Había un americano, Don Spencer, que no nos daba confianza. Los años siguientes nos darían la razón, incluida en su historia la mentada Lolis que tanto ayudaron Mona y Lynn.

Continuaron los abusos de colonos, estudiantes, padres de familia y alguno que otro americano como los Mc Clain y Spencer y otras más en la actualidad (2023).

El 17 de marzo de 2009 fue el funeral del Dr. Keith Routley. Sus cenizas están enterradas en el mismo lugar de Mabel en la clínica. Una semana antes, Pamela, su hija, me llevó la invitación. El Dr Routley fue el primer presidente socio fundador y base fundamental de la Clínica Mabel.

El 26 de febrero del 2011 nos reunimos para celebrar el noveno aniversario luctuoso de Mabel en la secundaria técnica, como hicimos costumbre. Los americanos nos pidieron si pudiera haber algo que amenizara. El CONALEP puso unos bailables típicos; la secundaria, otros números; un estudiante cantó. En fin, el evento lució muy bonito, con el siguiente pero. Mientras se estacionaba Eva, platicando con Merle y Darline, observaban:

—Oye, ¿ya viste? —me dice Darline, esposa de Merle— ¿Por qué está acomodando esa fotografía tan grande Heather?

—¿Cómo? —pregunta Eva.

—Sí, mira, a la entrada está la fotografía de Heather, hija del pastor Mc Clain de Shining Light. ¿Por qué la de ella y no la de Mabel? —insistió Darline.

Nos bajamos. Entramos a la secundaria Merle, Darline y yo. La mesa de la entrada donde siempre se recibían a los alumnos, padres de familia y patrocinadores, estaba llena de discos y casets de Heather como cantante. No recuerdo el precio, pero estaban en venta. Para ese momento había más de cien personas. No quise hacer escándalo, empecé a recoger los discos y casets y los puse en una caja que estaba bajo la mesa.

—¿Por qué los quitas? —me pregunta Heather.

—Porque el evento es de Mabel, no tuyo, ni de Shining Light.

Esa fue la primera discrepancia.

Para el verano del 2011, el Board acordó dar clases de arte para niños y jóvenes. El proyecto del hospital seguía en pie, según los Mc Clain, seguían trabajando para empezar la primera parte de la construcción. Eva y su grupo seguían confiando.

Una mañana en el Santa Fe de Río Bravo, Eva se encontraba con unas amigas. El Lic. Martínez Castro le presentó al Maestro David López Urtaza, conocido literato de Reynosa. Conversaron unos minutos y acordaron verse en Nuevo Progreso.

Unos días después, el Profesor López Urtaza llegó al consultorio de Eva.

—Mire, doctora, tenemos un proyecto. Necesitamos de usted para llevarlo a cabo.

—Explíqueme, maestro, ¿de qué se trata?

—Se trata de unos talleres que se pueden aplicar a jóvenes, en este caso a sus becados. Entraríamos a un concurso con su fundación.

Se apoyó al Maestro López Urtaza de manera personal, dinero de Eva. Ese verano se impartieron clases de guitarra, pintura, poesía y canto. Doscientos veinticuatro estudiantes participaron. La sede fue la Secundaria Técnica #28 de Nuevo Progreso.

Se tuvo un bonito y productivo verano. Anexo lista de participantes y resumen del mismo.

En julio de 2011, Merle y Darline, quienes eran ya otros padres, a la par de Mona y Lynn, para Eva, le llamaron:

—Queremos sentarnos y analizar algunas cosas contigo y Juan, esposo de Eva.

Juan preparó desayuno para los cuatro, Merle, Darline, Eva y él.

—Estamos preocupados, Eva. Los Mc Clain están actuando raros. En la nueva solicitud de apoyo que se envía a los patrocinadores se están pidiendo $800 o poco más mensuales para Isabel. Algunos están preguntando por qué. El programa de becas es voluntario. Están enviando, además, la historia de Shining Light. ¿Por qué? ¿Dónde está quedando Mabel? Ya tenemos tres años con la promesa del hospital y no se ve nada.

—Mira, Merle. Tú sigues siendo el presidente del programa y tienes poder en la cuenta. Habla con ellos. Si tú quieres, ellos se van. ¿Quieres que hable con Heather?

Esa misma noche, Eva le llama a Heather:

—Necesitamos hablar. Te espero mañana.

—No puedo mañana —era martes—. Te veo el viernes.

— Bien, aquí nos vemos el viernes.

El miércoles Eva se reunió con Martha, una amiga que se convirtió en madrina de Elvira, su hija menor.

—Fíjate, Martha, que hay una situación en Mabel. Dame tu opinión

Martha conocía a Merle de tantas veces de encontrarse en el consultorio de Eva.

—Mira, Eva —fue tajante Martha al decir—, esos Mc Clain están abusando de la buena fe de ustedes. En EE. UU. no pueden hacer fraudes. Tengan cuidado tú y Merle de que estas personas los sigan utilizando. Dales aire.

Eva habló con Merle de la conversación con Martha. Tomarían decisiones después de la conversación con Heather.

El viernes Heather llegó. Se veía molesta. Era bajita como Eva, con cien libras más en una cara preciosa. Parecía ángel, eso hacía que se le tuviera confianza. Esa mañana su rostro era diferente.

—Que me tienes que decir, doctora —exclamó Heather, mientras se sentaba frente al escritorio de Eva.

—Tengo varias preguntas. ¿Cuándo iniciamos con la construcción del hospital? ¿Y cuánto han recabado en tres años que han pedido para esto?

Heather parpadeó. Parecía sorprendida por la pregunta.

—No hay donaciones.

—¿Cómo? ¿No tienen dinero? ¿Y lo que han pedido para eso? —Eva casi pierde el control por el cinismo de Heather—. Y con las becas, ¿qué están haciendo? ¿Por qué no se menciona a Mabel? ¿Por qué Shining Light?

Los siguientes meses fue de pleito para retirarles el control a los Mc Clain. Gracias a Martha Catalina González Cantú y un par de amigos suyos fue que logramos que los Mc Clain nos devolvieran parte del programa de becas. No se pudo continuar con el proyecto del hospital. El desánimo nos entristeció. Decía Merle Lenz que los Mc Clain se quedaron con más de 40,000 dólares del programa de becas. Volvimos a empezar. Merle tenía tanta ilusión del hospital. No me quería morir sin verlo, decía constantemente.

Uno de esos días le llamaron para una donación de camas

de hospital y equipo médico. Manejó dos días hasta Minnesota para traer un tráiler que él pago con todo el equipo. Llegó ilusionado con todo. Se guardó en una bodega por dos años. Luego se donaron al hospital de Reynosa a través del presidente municipal de su época, Pepe Elías. No se podía seguir pagando bodega, así que decidimos donarlas. Habría más para cuando se hiciera el proyecto del hospital. Quizás una clínica más pequeña que un hospital, más grande que la que tenemos.

Organizamos un desayuno en Cimarrón. Continuamos trabajando. Seguimos con la esperanza de construir una clínica elemental para los servicios esenciales en Nuevo Progreso, ya no un elefante blanco.

Un día de 2011, año electorado en Tamaulipas, Eva fue invitada a una reunión del PRI. Estaría presente el Dr. Rodolfo Torre Cantú, amigo de Eva, aún secretario de salud. Se decía que sería el candidato y, por ende, gobernador de Tamaulipas. El Dr. Torre Cantú conocía la propuesta del proyecto del hospital y había prometido apoyar a Eva. Eva asistió al evento. Al otro día, el Dr. Torre Cantú era declarado oficialmente candidato a gobernador.

A los pocos días, el Dr. Roberto García sería el candidato a presidente municipal y la Sra. Norma Treviño Guajardo, diputada local.

Fue una contienda difícil. El desenlace fue terrible, de todos conocidos. Un día antes del deceso del Dr. Rodolfo, acudí al cierre de campaña en Ciudad Victoria con el Lic. Juan Alonso Camarena y su esposa. Después de la comida, todos se acercaron a saludarlo; yo fui la antepenúltima, atrás de mi estaba el Dr. Américo Villarreal. Quizás escuchó lo que a Eva le dijo:

—Doctora, primeramente Dios veremos ese hospital que tanto anhela, pero, sobre todo, es necesario para Nuevo Progreso.

Ganó Rodolfo Torre Cantú. Ganó Juan Diego Guajardo Anzaldúa. Ganó Norma Alicia Treviño Guajardo.

Eva lloró por la pérdida del amigo, del colega que, mientras pudo, la apoyó, pero, sobre todo, veía enterrada la última esperanza para ver realizado su sueño y cumplirle a Mabel.

—Mamá, te vi muy triste después de la muerte del Dr. Torre Cantú. He visto como Merle Lenz y tú se desilusionaron de la gente. Inscribí a Mabel en iniciativa México. Dios nos ha de ayudar.

Los días siguientes, Eva y Evita esperaron resultados. Alguien llamó:

—El proyecto es estupendo. El trabajo, extraordinario, pero no es autosustentable. Suerte.

Proyecto Iniciativa México

Añado proyecto presentado para iniciativa México en el 2011. He aquí todo lo presentado.

Hoy, en el 2023, doce años después, seguimos, Evita y yo, las hijas de Merle y Darline Lenz, Dianne Coyne y Laurie Jones, Julie Guerra, Jerry y Sue Machetta, Samuel Barrios, Los Spakers, entre mucha gente más con modificaciones al proyecto, pero con las mismas intensiones.

Resumen del cuestionario
Iniciativa México 2011

1) Información personal y de la organización.

Datos generales.
Nombre. Dra. Eva Lilia García Cantú de González.
Dirección. Sonora #116, Zona Centro, Nuevo Progreso, Tamaulipas 88810.
Teléfonos. Casa: 01 899-937-0619.
Consultorio 01 899-937-0251
Nextel: 01 899-131-4005
Radio: 62*205057*11
Correo: evalilia.gc@hotmail.com
Fecha de nacimiento: 14 de enero
Tipo de organización: A. C. (Hospital Mabel 3 Naciones A. C.)

2) Tipo de iniciativa: Proyecto

3) Generales.

Nombre del proyecto: "Nuevo Progreso para Nuevo Progreso"
Año de inicio: en forma ordinaria a partir de 1989.
Oficialmente legal en el 2008.
Nuevo Progreso, Tamaulipas (N. P.) y ejidos aledaños.

Categoría: INICIATIVA es equilibrar la vida (bienestar) bajo los siguientes ejes temáticos: salud, educación, nutrición, adicciones, activación física, infancia, juventud y familia.

Categoría: INICIATIVA es salir adelante (educación) bajo los siguientes ejes temáticos: aprendizaje, formación, arte y cultura.

Fotos:
Página de internet: hmn_3@hotmail.com
Ligas o notas atraídos del proyecto.

4) Problemática:

Problemática que estamos solucionando (750) Nuevo Progreso (N. P.). Se sostiene del turismo de U.S.A. y Canadá, época de los Winter Texans. Ellos ayudan a familias humildes, pero más del 60% ha dejado de venir. La Clínica Mabel funciona de 9:00 am a 12:00 am, la de salubridad hasta las 3:00. N. P. necesita un hospital de tiempo completo con una idea de salud a partir de la preservación, motivación, educación.
¿Qué motivó el desarrollo de la iniciativa?: (750) El hospital está en Reynosa a 50 km. No tenemos ambulancia, especialistas. ¿Dónde las cirugías? La obesidad, desnutrición, adicciones, depresión, diálisis, cáncer, sabemos qué hacer, necesitamos dónde hacerlo.

5) Implementación:

Describe tu iniciativa (400)

Tenemos aproximadamente 8000 m2 para el Hospital Mabel 3 Naciones A. C., auditorio, clases de arte, oficina de becarios, banco de alimentos, rehabilitación física, capilla.

Basado en medicina integral físico-mental-espiritual.

¿Cómo tu iniciativa está solucionando la problemática social antes expuesta? (750)

Damos consulta, medicinas, sillas de ruedas, etc. Vales para laboratorio, ecos, Rx, apoyo x especialista y psicólogos, canalización a USA a niños con lesiones ortopédicas. Tenemos más de 400 becados, despensas en invierno, ropa, cobertores, pollo, pavo para Navidad, juguetes. En la inundación apoyamos con lanchas. Tenemos un autobús para estudiantes N. P. a R. B. (25k).

Describe como está impactando a otros. (500)

Los estudiantes, padres de familia, maestros, s. civil en N. P. y alrededores se integraron como voluntarios. El 11 de julio iniciamos clases de arte, se empezó a credencializar a quienes se beneficiaron en cada área. Los albañiles y obreros ofrecían su trabajo, también se ofreció equipo para el hospital.

Número y tipo de beneficiarios:

Más de 9,000 personas

El 40% aprox. son indígenas provenientes de Guerrero, Edo. de México, Oaxaca, S.L.P, Veracruz, Puebla, que aún hablan su lengua, español e inglés comercial, los vendedores ambulantes. (Querétaro y Coahuila).

Un 30% campesinos. Ejidatarios resto de la población: abierta

¿Has sido reconocido por otra organización o institución o incluido en alguna política pública? NO

Fuentes de financiamientos:
Iglesias, asociaciones, jubilados: Todos voluntarios de Mabel.

¿Cómo imaginas a tu iniciativa en 5 años? (500)
Como un hospital de primer nivel basado en la prevención en:
* Inmunizaciones
* Planificación familiar
* C. Niño Sano
* Enfermedades transmisibles
* Oncología: mama, cervicouterino, próstata, diabetes, hipertensión, obesidad, desnutrición.
Con especialistas, cirugía ambulatoria, psicología, laboratorio y gabinete, 2 quirófanos, clases de arte, auditorio, oficina de becarios, rehabilitación física, banco de alimentos, ambulancia y 1 autobús.

Plan de sustentabilidad económica para los siguientes 5 años (250)

Estudio socioeconómico para:

1) Clasificar en 5 categorías:

A: personas que puedan pagar todo 100%.
B): 75 a 50% del costo
C): 25%
D): 10%
E): 0%

2) Por nuestra situación geográfica:
Consideramos un 30% de Tex-Mex Clasificación A

3) Donaciones libres de impuestos

4) Apoyo voluntario S. civil.

5) ¿Quién comenzó la iniciativa?:
Nombre: Dra. Eva Lilia García Cantú de González
Historia: después del huracán Beulah en 1967, una señorita llamada Mabel (una historia aparte), violinista de profesión, llegó a Nuevo Progreso apoyando a los afectados, proporcionándoles comida, medicinas, ropa, reparando viviendas y construyendo nuevas. Con el tiempo su prioridad fue la salud y educación, su mayor anhelo construir un hospital.

En 1989, Mabel y yo nos conocimos en una consulta médica, desde entonces fue mi paciente hasta su muerte y empecé a colaborar con ella, primero en el consultorio del Dr. García Borrego donde empecé a trabajar al llegar a N. P. después por 2 o 3 años se consultó en una casita de madera que se rentaba y desde 1992 lo hago en mi consultorio, los habitantes del pueblo no pagan consulta y la mayoría ni la medicina. En 1997, el Lic. Juan Antonio Guajardo nos donó un terreno para el hospital, ahí se construyó la clínica Mabel de México A. C. manejada 100% por los americanos, pero nunca llenó las expectativas de Mabel. Nuestras expectativas.

En el 2001, a Mabel y a mí nos diagnosticaron cáncer. Dios permitió que yo sobreviviera, ella murió el 21 de febrero del 2002. En su lecho de muerte rodeada de sus más cercanos colaboradores y bajo juramento me pide que yo continúe con su legado, no ha sido fácil cumplir del todo con ello, varios factores retardaron el proyecto del hospital, aunque nunca dejamos de luchar. Al ver que los nuevos administradores de la clínica no avanzaban decidimos formaríamos en el 2008 el patronato del "Hospital Mabel 3 Naciones A. C." por acuerdo mutuo dado que ellos sólo laboran 15 horas por semana con un médico y un dentista. El hospital va más allá del sueño de Mabel y de mi juramento en su lecho es el rescate de un pueblo fronterizo en el cual convivimos a la par hermanos de todas las regiones de México, de U.S.A. y Canadá. Con el nuevo patronato 50% y 50% de mexicanos y americanos y un voluntariado igualmente constituido, el apoyo de I. M. y la bendición de Dios estamos seguros de que hay Nuevo Progreso para Nuevo Progreso.

6) Video:

Hola soy Eva Lilia. Represento un patronato que apoya a más de 400 alumnos, damos despensas a más de 200 familias, construimos viviendas, enseñamos arte y atendemos un sinfín de enfermos. El 90% de nuestra ayuda viene del extranjero, pero la situación actual y mala difusión de la frontera ha disminuido en un 60% el apoyo en algunas áreas. Necesitamos que nuestros benefactores nos sigan visitando y con ello apoyar a nuestra gente. Les hacemos saber que Nuevo Progreso es próspero, sano y seguro. Ayúdanos a construir el Hospital Mabel 3 Naciones A. C. con un nuevo concepto de salud y hacer con ello "Nuevo Progreso para Nuevo Progreso".

In the name of Lord!
15 agosto 2011
Nuevo Progreso, Tamaulipas

Sr. Don Víctor C.
Presente

Estimado pastor:

¡Dios le bendiga! Antes que nada, una disculpa por la osadía de esta carta. Dios sabe cuánto pedí que me pusiera las palabras para dirigirme a usted. Él sabe que cada palabra la escribo con el corazón y sinceridad, el resto es decisión de Dios.

Hace un año, en cuanto se dio a conocer lo de iniciativa México, Eva, mi hija, me dijo: mamá, esta iniciativa es perfecta para el proyecto de Mabel, ella estudia en Monterrey, no supimos por qué no hubo continuidad en la inscripción, casi por ese tiempo nos invitaron a mi esposo y a mí a participar en la campaña de Rodolfo Torre, Roberto García y Norma Treviño.

A Rodolfo Torre lo conocí cuando iniciaba en la secretaria de salud, tuvimos una buena química y siempre nos apoyó tanto en Mabel, como en la asociación Médica que también represento.

En una reunión binacional de Conaco, donde él estuvo presente, hice la propuesta de integrar el turismo, el área médica (lo demás es historia hoy 2023), al mismo tiempo le enseñé la propuesta y me animó a participar en Iniciativa México.

El 3 de marzo de este año, 2011, en un chequeo de rutina encontramos cáncer pulmonar en mi marido, el 2 de mayo se le practicó cirugía radical de cuello, una cirugía de nueve horas y el 2 de junio se hizo la cirugía del tumor. El tratamiento de quimios y radiaciones se llevará por un tiempo.

Yo tuve también cáncer, pero no es lo mismo ver a un ser querido. Es diferente.

El cáncer es una enfermedad sumamente desgastante en todos los sentidos: físico, emocional y económico. Por eso no quiero abandonar este proyecto. Toda enfermedad puede ser curable y tratable si se detecta a tiempo, más si se previene.

Nunca he sido oportunista, ni aprovechada.

Este proyecto tiene años, hace unas semanas lo presente en Transformación Viva, un taller de apoyo. Uno de los presentes A. G. me dijo que lo hablaría con usted para que me diera su opinión, con ello las posibilidades de lograrlo.

No pretendo más que su opinión. Si hay posibilidades, Dios en control.

Atte: Dra. Eva Lilia García de González.

Dadas las circunstancias, no se necesita un elefante blanco. Queremos una clínica médica funcional, sustentable.

La carta la recibió el pastor. Cinco días después, Dios me permitió hablar con él. Pocas cosas me ponen nerviosa y menos alguien suele intimidarme. El pastor era un hombre que imponía. Le expliqué a grosso modo quién era Mabel, cómo estábamos constituidos y cuál era nuestro labor. Como eran varios programas lo que Mabel hacía, decidimos llamar a todos dentro de Fundación Mabel.

La clínica Mabel, bajo la coordinación de Marge Butcher, el Hospital Mabel 3 Naciones A.C (patronato), Eva Lilia García de González.

Banco de alimentos: Mona y Lynn Ludgton
Área de construcción.

Nuestro lema:
Un objetivo, Salud y Educación unidas por 3 Naciones México-U.S.A.-Canadá.

"UN NUEVO PROGRESO PARA NUEVO PROGRESO"

Concepto Integral de Salud
Prevención – Educación – Motivación

BANCO DE ALIMENTOS
OBESIDAD Y NUTRICIÓN

PREVENCIÓN. Disminuir el costo y las enfermedades.
EDUCACIÓN. Como base primordial para el conocimiento de las enfermedades.
MOTIVACIÓN. A través del arte y la cultura fomentando la fe y el amor para alejar adicciones y depresión.
AUDITORIO. Donde se imparten conferencias, cursos, obras para todo público.

Clínica Gratuita Mabel A. C.
(De Primer Contacto)
Primer Nivel

Medicina preventiva: Inmunizaciones, vacunación durante el embarazo.

¿Por qué la vacunación?

Enfermedades transmisibles:
1. Clasificación de enfermedades de contagio
2. Uso del condón
3. Prevención

Planificación familiar:
1. Cuantos hijos puedo mantener, esos son los que puedes tener.
2. ¿Por qué abortar, si hay tantas maneras de prevenir un embarazo?

Enfermedades crónico – degenerata
1. Conocimiento de las enfermedades
2. Dieta
3. Tratamiento
4. Control
5. Ejercicio
6. Prevención

Nutrición: El valor de la alimentación y los alimentos en la obesidad y desnutrición.
"Produce tu alimentación"
Control del niño sano.

Geriatría:

- Calidad de vida del adulto mayor
- Control de sus enfermedades
- Alimentación
- Motivación

Oncología:

- Aplicación de los programas de cáncer
- Prevención en cáncer de mama y cervicouterino, próstata y pulmones
- "Adopta un enfermo de cáncer"

Banco de alimentos:
Apoyo en el programa de:

- Obesidad
- Nutrición
- Desnutrición

Enfermedades crónicas:

- Diabetes
- Hipertensión
- Hipercolesterolemia

Adulto mayor
Basado en estudio socioeconómico, edad, clasificación de las enfermedades.

Auditorio
Nuevo Progreso carece totalmente de áreas de recreo. Con más de 250 dentistas, 30 médicos, 4 laboratorios, 8 escuelas, requiere de un lugar para cuentos, así como traer obras, cine, entrenamiento para los jóvenes y público en general.

—Hola, doctora, ¿cómo está?

—Bien, José, ¿cómo estás tú?

Del otro lado de la línea era José Nieves, el doctor de la clínica Mabel.

—¿Puede recibirme?

—Claro, aquí estoy en el consultorio.

En menos de una hora José Nieves estaba en el consultorio.

—No sé por dónde empezar, pero algo está sucediendo en la clínica. Hace unos meses Dick llevó a una mujer. Dice que es doctora. Acaba de salir en un periódico en compañía de un diputado que hará una campaña en la clínica. Le dije a ella que si usted sabía y me dijo que sí. Le pregunté a Dick y no sabe nada. ¿Por qué no le pregunta a Samuel? Quizás esté enterado.

Samuel no necesitó que le llamaran. Esa misma tarde habló con Eva:

—Está rara esa doctora. Baja cosas, las pone en la bodega y luego se las lleva. Nos acabamos de dar cuenta Nieves y yo que el permiso de salubridad está vencido. Hay medicamentos caducados, ¿cómo va a hacer esa mujer una campaña? ¿A quién va a traer? ¿De qué se trata?

Como cosa divina, porque fue Dios, se necesitó reparar algo eléctrico y el aire central en la clínica y fue Roberto Garza a quien le tocó la reparación. Una tras otra, se fueron dando las cosas.

—¿Quién es esta mujer? —le dice Roberto a Samuel—. ¿La conoces?

Samuel dice:

—No, Dick la trajo.

—Yo sí —dice Roberto—. Es una pájara de cuenta.

—¿Cómo?

Al otro día, Roberto se encontraba en el consultorio de Eva.

—¿Sabe quién es esa mujer, doctora? Es una charlatana.

—¿Por qué lo dices, Roberto?

—Le voy a platicar. Esa mujer era vecina de un familiar de mi mamá. Cuando Mary salió embarazada, ella se ofreció ayudarnos a que el bebé naciera en EE. UU. Me llevó a una clínica diciéndome que ahí atenderían a Mary y le di de anticipo de $1,600 dólares. Aquí está una copia del recibo. Mi mamá, a fuerzas de verla como vecina de su familiar, creyó en ella. Mi papá siempre le tuvo desconfianza. La cuestión es que le seguí mandando abonos para cuando Mary se aliviara. Mamá se confió y no pidió más recibos. Para cuando Mary se alivió, ella se hizo ojo de hormiga. En la clínica nadie la conocía y no había ningún pago. Tuve que pagar todo de nuevo. Por favor, doctora, ella no es una buena persona. Créame.

Como siempre con todo esto, el Dr. Nieves, Samuel y Roberto. Le llamé a Julie:

—¿Cómo ves, hermana de corazón? (así le dice Julie a Eva).

Le llamó a Dick:

—Mañana quisiera verlo en mi oficina.

Se hizo el acuerdo.

En la junta Julie, Jerry y Sue Machetta, Samuel, Roberto, Dick Turner y su esposa, escucharon a Eva.

He dejado que las cosas se manejen por sí solas. Porque el nombre de Mabel está vigente: en las becas, en el banco de alimentos, aun sin Mona y Lynn, en las construcciones de casitas, en la clínica. Mabel le dejó a Merle la administración de todo y a mí su legado. Merle y Margie tuvieron diferencias y separaron los programas de salud y educación.

—Margie confió en ti, Dick. Ni Mabel, ni Merle, ni Margie están más, pero no voy a permitir que nadie ponga el nombre de Merle en el piso.

—Voy a ser clara en todo, por si tienes una idea diferente de mí, Dick. Acepto que me digas lo que tengas que decir.

1. La palabra Clínica requiere 24 horas de trabajo, mínimo 12 horas. La primera vez que fue clausurada (un político contra mí, porque no estuve de acuerdo en la manera de hacer política). Fue COEPRIS quien cambió el nombre de clínica a consultorio por acuerdo con las autoridades de salud de ese tiempo.

2. La segunda (otra presión política) fue porque no se hizo a tiempo el trámite. No siendo mi responsabilidad logramos abrirla.

3. El último permiso es del 2011. Estamos en 2015 y yo me entero antier. Hablo con las autoridades competentes porque me preguntan sobre la campaña que está anunciando la Dra. Luz. Dick replica un poco atontado, confuso y sorprendido. Ella está tramitando el permiso. Eva hace una llamada. Del otro lado de la línea alguien dice:

—Hay nuevas autoridades, doctora —todos sabemos que Eva es Mabel, por así decirlo—. Te hemos visto, doctora, repartiendo de todo a nombre de Mabel. Por respeto a ese trabajo, no se clausurará la clínica.

—Trae la papelería para empezar el trámite. Eva nunca supo, ni conoció quién era o es la Dra. Luz Hernández. Manejaba una asociación civil: Medicina para la gente de Dios A. C. Jamás se volvió a parar en la clínica.

Roberto Garza platicó su experiencia en aquella reunión en las oficinas de Julie. Dick no tuvo más que aceptar las faltas que cometió en agravio de Eva. Se pidió también retirar la donación de ropa usada por parte de COEPRIS.

Después de meses de estira y afloja, gracias a la intervención de Martha Catalina González con un abogado amigo de ella, Mabel y Mexican Children's Refuge, después de múltiples mensajes a la familia Mc. Clain y su iglesia, Eva y Merle Lenz recuperan el programa.

¡In the Name of Lord!
Nuevo Progreso, Tamaulipas.

Querida Heather:

Espero que todo esté bien con tu familia. Te escribo porque no he encontrado respuesta a mis llamadas y no utilizo el Internet, pero es importante aclarar algunas cosas.

Conocí a Mabel hace más de 25 años. Primero fue mi paciente, al igual que Elizabeth, después mi amiga y en los últimos años de su vida me arropó como a una hija. El día que murió, en pleno uso de sus facultades mentales, me comprometió a seguir su legado. Aún viven personas que estuvieron ese 20 de febrero de 2002. que están de testigos.

Su legado para Nuevo Progreso era la construcción de un hospital, el programa de becas, el banco de alimentos, la construcción de casas y todo cuanto se pudiera a quienes lo necesitaban.

Mabel jamás fue una iglesia, ni una religión. Mabel era humildad, humanismo, generosidad, paz, espiritualidad y amor. Tenía una sensibilidad exquisita para descubrir el bien y el mal y, cuando algo no le parecía, simplemente se retiraba.

"Mexican Children's Refuge" no es un nombre o número, es un patrimonio que Mabel y Elizabeth fundaron en Estados Unidos para apoyar a Nuevo Progreso después del huracán Beulah en 1967.

A la muerte de Mabel, y después de la de Elizabeth, todos seguimos trabajando; Marge Butcher administrando la clínica, Merle y Darline Lenz con las becas y Mona y Lynn Ludgston con el banco de apoyo de otros grupos que se fueron adhiriendo.

En el 2007 se retoma el proyecto del hospital viendo las necesidades del pueblo; no recuerdo la fecha, pero sí el ofrecimiento que hizo Billy, tu papá, de apoyar el proyecto. Más de cuatro veces acudí a su iglesia para este fin; me atreví a hacer una ceremonia donde ustedes invitaron gente que apoyaría, vinieron autoridades del gobierno, gente representativa del pueblo y protocolizamos todo.

El 16 de febrero de 2009 queda legalmente fundada la asociación "Hospital Mabel 3 Naciones A. C.", donde tú quedas como tesorera y Billy como tercer vocal. Por iniciativa de ustedes se abre una cuenta en el Lone Star Bank de Mission, Texas, donde ustedes tienen sus cuentas; Gloria y yo firmamos en dicha cuenta; en esa cuenta ustedes jamás depositaron un dólar.

Billy y tú nos comentaron que por la inseguridad los americanos desistieron del proyecto; más tarde nos pidieron visitar un hospital en México; los llevamos al hospital Muguersa en Reynosa, tomaron fotos y les pareció fantástico; había otro grupo que retomaría el proyecto, ¿lo recuerdas? Me presentaron a una persona, las cosas siguieron igual, me volvieron a repetir lo de la inseguridad y ya no insistí, confié en Dios que iba a llegar el tiempo para continuar con los planes. Este es el tiempo de Dios.

Merle conocía las intenciones de ustedes de apoyar los proyectos de Mabel, así es que una mañana me dice que quiere retirarse porque su esposa lo necesita y él se siente cansado; nos reunimos en casa de tu papá y se toma el acuerdo de que Isabel Benítez, quien trabajaba en ese tiempo con ustedes, se iría familiarizando con el programa, apoyada por Merle Lenz y se le daría un sueldo de $800.00 dólares por mes (200 dólares por un día a la semana), esto a petición de ustedes ya que todos los que trabajamos en los programas de Mabel siempre lo hicimos voluntariamente.

Isabel y Merle continuaron con el programa en EE. UU. y yo en México durante el 2010.

En el verano de ese año tuvimos en Nuevo Progreso una inundación que nos dejó incomunicados. Los americanos, a través de Merle Lenz y Mona y Lynn Ludgton, nos donaron alimentos, ropa, cobijas, material de construcción e incluso Merle Lenz y Juan Antonio, mi esposo, compraron una lancha cada uno para poder comunicarnos con Río Bravo. Shinning Light no nos donó ni una libra de frijol.

Para la Navidad del 2010 la situación continuaba crítica y me atreví a pedirles alimentos del banco que ustedes manejan y algo de juguetes. Me da pena decirlo, Heather, pero mucho de la comida tuvo que tirarse porque estaba caducada y los juguetes se dieron aun cuando eran usados. Si eres observadora te darás cuenta de que Juan Antonio dejó de acompañarme porque le resultaban ofensivas esas donaciones; yo siempre traté de justificarlos creyendo en su buena fe. Las cosas siguieron su curso, aunque siempre me pregunté por qué había tan poca gente en sus cultos religiosos. Y varios americanos me empezaron a hacer preguntas que no pude responder en torno a ustedes.

Merle Lenz confió en mí y yo, en ustedes. Prometieron tantas cosas, los cambios serían fantásticos. ¿Y qué pasó, Heather? Merle Lenz nunca recibió un dólar por manejar el programa. Durante 16 años que él lo tuvo nadie se quejó, nadie reclamó nada, todo fue en orden y claro abierto para todos, ni una duda.

Merle Lenz es un hombre muy adulto, pero, pese a sus años, conoce a los 415 alumnos becados, sabe quiénes son sus patrocinadores, quiénes sus padres y familia, dónde viven y en qué grado van. ¿Ustedes lo saben?

Si él dijo o hizo algo en mi contra nunca lo creí. Muchas veces discutimos como discuten los padres e hijos, nos colgamos el teléfono, nos dijimos adiós, pero a los dos o tres días ya no recordábamos nada. Mexican Children's Refuge es el 99% de la vida de Merle Lenz y lo justo es que si él pide, quiere y puede, que así lo es, continuar con el programa, además de que los patrocinadores lo están exigiendo, los padres de familia y alumnos, que el programa nos sea devuelto como se los dimos con computadora, estados de cuenta de cada alumno y su patrocinador que pertenece al programa "Mexican Children's Refuge" que ha sido legalizado por nuestra agrupación. Si Shinning Light desea tener su programa de becas, que utilice el nombre que desee, pero no el nuestro.

Mexican Children's Refuge Ine – A 501C3FEDID#45-5293336 queda legalizado a nombre de Merle Lenz y Martha González en EE. UU. y Eva Lilia García Cantú en México. Así tampoco puede utilizar el nombre de Mabel ni Elizabeth para ningún fin.

El permiso de FM3 no podrá ser tramitado o utilizado por nuestra asociación Hospital Mabel 3 Naciones A. C. o

Mexican Children's Refuge. Esto, Heather, no deja de dolerme porque confié a ciegas en ustedes y la manera como están actuando deja muchas dudas en el aire.

Me costó mucho escribir esta carta y de ninguna manera he querido ofenderles. Nosotros les dimos un programa con más de 350 patrocinadores y en dos años, ¿cuánto lo incrementaron ustedes? ¿Qué está pasando? Todos los días son quince, treinta, cuarenta llamadas o correos de inconformidad. Por Dios, no es justo que ustedes se aferren a esto, ni por ustedes, ni por nosotros; esto es por Merle… y por Mabel.

Dos puntos que también son muy importantes:

1) Las dos veces que entregaron las becas sólo lo hicieron tú y Betania. Nadie supo cuánto entregaron sólo ustedes. Esa fue la primera duda, a mí ustedes no me entregaron ninguna copia como lo hacía Merle; nadie supo ni quién recibió, ni quien no, cuánto dinero pasaste, cuanto depositaste en el banco HSBC nada Heather, nada.

2) Para el aniversario de Mabel en febrero fue un perfecto show montado por ustedes, con venta de CDs, anuncios de Shinning Light; parecía un evento religioso, no la fiesta que siempre se hacía para Mabel con la gente que la amamos.

Las cosas se hicieron como ustedes quisieron y así no era. Se les olvidó que Mabel no es una iglesia, ni religión, ni un grupo: Mabel es el mejor legado que tenemos en Nuevo Progreso, una leyenda, un ser que amamos y que esa fecha mejor la recordamos y te recuerdo, Heather, Mabel fue una gran concertista (tocaba el piano y el violín como los Ángeles), pero su humildad era tanta que pocos tuvimos el privilegio de escucharla. Quienes la conocimos y sabíamos esto, la venta de tus CDs, con todo respeto, estuvieron fuera de lugar.

No terminemos mal, Heather, si realmente creen y

predican la palabra de Dios, sean justos y honestos, entréganos el programa como se los dimos, Mabel es mucho más que esto para nosotros. ¿Qué es para ustedes? ¿Un capricho? Por favor, Heather, dejen su nombre en limpio y continúen con su misión que no es ni será Mabel.

Sin fan de ofenderlos y confiando en Dios, por favor y a nombre de Dios, entréguennos el programa.

Dios los bendiga.
Eva Lilia.

Para Navidad de 2012 los Mc Clain y Shinning Light, utilizando el nombre sin Mabel o sea Shinning Light Children's Refuge, sorprenden a los directivos de la secundaria con regalos, entregando en la escuela propaganda de su iglesia (las fotos corresponden al evento de febrero del 2012). No sabemos por qué hicieron esos cambios.

En el 2011 se integra como voluntaria Martha Catalina después de rescatar el programa de becas de Shinning Ligt. Se integra, además, Martha Barreda y Eva Beda González, así como Israel Hernández Gapi. De parte de los americanos Jerry y Sue Machetta y Bill y Betty Ocholick, entre más personas americanas y canadienses. Mona y Lynn Lundstrom. En la Clínica Marge Butcher se integró a Dick Turner.

En mayo de 2014, Merle Lenz murió de un infarto fulminante en su *traila* en el parque donde vivió sus últimos años, en Weslaco, Texas. Le sobrevivieron sus dos hijas, Laurie Jones y Dianne Coyne que, junto a sus esposos Oscar Jones y Ken Coyne, están de tiempo completo dedicados a los programas de Mabel 2023, principalmente en becas y banco de alimentos.

Darline Lenz murió en el 2018.

Una parte de la ceniza de Merle la conservamos para ser enterrada junto a la de Mabel y el Dr. Prowdley en la Clínica Mabel.

No se supo que Merle estaba enfermo hasta que murió. Se sabía que era hipertenso y padecía párkinson. Tenía una memoria extraordinaria, manejaba perfectamente y caminaba sin descanso. En junio una de las hijas de Merle le llamó a Eva.

—Hola, sister —era Laurie.

—¿Quién es, Martha?

—Es mi comadre y buena amiga. Tu papá la apreciaba y confiaba en ella. Cuando tuvimos problemas con los Mc Clain Shining Light, ella, con sus relaciones, apoyó el rescate. Esto hizo que Merle, tu papá, se ganara su afecto. ¿Por qué la pregunta, sister?

—¿Por qué papa dejó estipulado en la cuenta de banco sus nombres?

—Tú no puedes porque aún no tienes la ciudadanía.

Eva le llama a su comadre Martha. Ambas fueron al banco. Habían tenido que acelerar las cosas. Se acercaba la entrega de becas.

No había récord de los estudiantes ni patrocinadores. No se supo quién tomó la información de la casa de Merle. Computadoras y papelería se perdieron.

Betty Ocholick, Jerry y Sue Machetta, junto con otros americanos, se encargaron de reunir los grupos en diciembre del 2014. La entrega de becas de ese año se hizo en el consultorio de Eva.

Después de décadas, nos animaron a hacer los trámites de donataria autorizada. Lo iniciamos el 18 de mayo, 2015. Todo se hizo. No se realizaron donaciones. Quizá no se trabajó en ello en México. En EE. UU. tampoco.

Visitamos la oficina de Pemex (Activo Integral Burgos). Se tuvieron muchas expectativas, sin éxito.

Martha, mujer de negocios, modificó algunas costumbres del programa de becas. Martha Barreda, Eva Beda González e Israel Hernández Gapi, inyectaron juventud al programa. Se hizo por primera vez una página web. Se organizaban algunas actividades para obtener dinero para más becas. No hubo éxito.

Se hizo la presentación del libro *Amores perros* de Jorge Castañeda. Apenas salieron los gastos. Se hizo la obra. Se visitaron las oficinas de Pemex, proyecto Burgos. Por lo visto, a nadie en México le interesó Mabel y sus programas.

La idea de Martha y sus proyectos eran buenos, pero no convencían a los patrocinadores. Betty Ocholick empezó a cuestionar y Martha renunció por intransigencia de Betty que tomó la presidencia de becas con Jerry como secretario y Sue como tesorera.

Eva continuó coordinando el programa en México junto con Eva Beda e Israel Gapi de apoyo, además de algunas madres de familia en colonias y ejidos. Martha Barreda se retiró por continuar estudiando en otro estado en EE. UU.

Contrato para página de Internet.

Betty Ocholik lo cerró porque lo iba a manejar su hijo luego en el 2017.

Marge Butcher introdujo a Dick Turner a la Clínica con un

Board en EE. UU. No se supo cómo Dick se vio controlando el Board de la clínica, es decir, el dinero ya que su esposa e hija eran secretaria y tesorera.

Se continuaron haciendo los desayunos de beneficencia. Los Sparks, encabezando los donativos, entre otros.

Después del Dr. De León, llegó el Dr. Fernando Vázquez, quien se retiró por enfermedad. Lo suplió el Dr. José Nicolás Hernández. Nuevos, como el Dr. Vázquez, fueron contratados por Eva, así es que ambos mantenían información a Eva en todo lo que sucedía en la clínica. Por mínimo que viera se lo comunicaban. Eva era la líder moral e imagen de Mabel. Jamás cuestionó ni a los Turner ni a los Ocholick. Los programas funcionaban y eso era lo principal. Salud y educación para Nuevo Progreso.

Pasó un año. Betty Ocholick tomó la presidencia de las becas. Eva en México continuó con la coordinación y presidiendo la Fundación Mabel y todo lo relacionado con su nombre.

Una mañana, Jerry y Sue llegaron al consultorio de Eva.

—Eva, algo está pasando con Betty.

—¿Cómo? —contestó Eva.

—Hay inconformidad con algunos patrocinadores. Está subiendo imágenes de algunas colonias y personas pidiendo a nombre de Mabel.

—Pero no tenemos conocimiento de ello.

—No nos gusta su soberbia. Ya ves lo que pasó con Alondra. No estuvo nada bien.

Alondra era una alumna de CONALEP. Su madre, después de perder la vista y lucha por años contra la diabetes, había muerto, dejándola con su padre. Sus dos hermanos mayores murieron en situaciones trágicas. Alondra había hecho el servicio social junto con Joana en el consultorio de Eva. Ambas eran grandes amigas. Joana era seria, pero tenía confianza con Eva y sus hijas, en especial con Evita. Alondra era una joven callada, de un hermoso rostro silencioso, apenas hablaba, padecía diabetes juvenil. Varias veces su padre pidió ayuda para el tratamiento de insulina y algunos medicamentos que requería. Se lo comunicaba a sus patrocinadores a través de Betty. Supimos después que nunca sus patrocinadores lo supieron.

Una mañana de febrero, extremadamente frío, llegó su padre a la Clínica Mabel. Se estaban entregando las becas. Eva le dijo el padre de Alondra:

—Necesito ayuda. ¿Podrían darme la beca de mi hija? Está en el Hospital,

Betty dice, tajante:

—La beca no es para medicina, es para estudiar.

Evita les traduce a los americanos lo que Betty estaba diciendo. Jerry y otros americanos sacaron varios billetes y se los dieron al padre de Alondra. Murió un día después.

Alguien más comentó y vimos la fotografía en Facebook. Betty fue a grabar o tomar fotografías en el kínder de Eva, ése que está en la Jardín, en la casita que usaba Mona y Lynn para repartir las cosas, que ahora es Kínder. Quién sabe para que las tomó. Poco después supimos que pedía donaciones y el marco era esa fotografía.

Para la reunión siguiente, Betty hizo llorar a Sue Machetta porque Sue y Jerry habían iniciado por cuenta propia un taller de costura para mujeres un año antes en la parte frontal de la casita de la Jardín donde estaban, además, en la parte de atrás un kínder del Centro de Desarrollo Múltiple que Eva había prestado al DIF y en la otra área un comedor comunitario.

Sue quería una escuela formal de costura. Pidió esa vez a quien quisiera apoyar en el proyecto. Para entonces teníamos a una maestra de costura Alicia Alanís.

Ese día que Betty hizo llorar a Sue, la mayoría se inconformó contra Betty. Ésta intentó convencer a Eva que lo de Sue estaba mal. La costura no debía entrar en el programa de Beca.

—Mira, Betty, hay muchos grupos que no tienen para continuar estudiando la costura. Es buen oficio para sobrevivir en este pueblo. Discúlpame, pero mi apoyo es para Sue. ¿Por qué te opones?

Betty salió molesta del consultorio. No sabemos con qué argumentos convenció a los Olsen y sus familias. Formó otro grupo. Eva le comentó que no debía usar el nombre de Mabel. Betty no hizo caso y continuó.

En el programa de Becas hay un representante por grupo o por parque. Betty representaba un grupo de un parque de Weslaco. En ese grupo había una pareja que apoyaba a los Hernández. Israel Gapi, el hijo mayor, es un voluntario en el programa de becas. Es enfermero titulado (2021) antes de la pandemia. Sus patrocinadores les donaron bloques y material para construir un par de cuartos para los hermanos de Israel.

El papá de Israel es cocinero. Antes de la pandemia trabajaba en el Restaurante Arturo's. Debido a la pandemia por el Covid-19, es de todos conocido el trabajo escaso. Los padres de Israel no pudieron continuar con sus planes de construcción. Esto duró poco más de un año.

Un día, Israel le llamó a Eva:

—Doctora, doctora, Betty está llevándose de mi casa los bloques y el material que nos donaron los patrocinadores de Mabel.

—¿Cómo, Israel? Si aquí está ella con varios americanos subiendo todo a varias camionetas.

—Mi mamá les está diciendo que es propiedad privada, que por qué se llevaba las cosas.

Betty cargó con todo. Carmelita, la mamá de Israel, se tragó su coraje, su impotencia y lágrimas, pero tuvo la valentía de grabar la acción. La grabación fue exhibida. Entre varios patrocinadores se juntaron y le repusieron el material a la familia Hernández Gapi. ¿A dónde fueron a parar las cosas? Nunca se supo.

En febrero de 2019, estando en Weslaco, Eva se preparó con el grupo de patrocinadores para el festejo de Mabel y la entrega de becas.

—Mamá, mamá, la llama Eva Beda. Betty está en rueda de prensa en la delegación hablando de ti, Sue y Mabel.

—No te preocupes, hija, no tiene idea de lo que habla.

La noticia se divulgó. Algunos creyeron, otros dudaron, los más se olvidaron. De uno por uno, los periodistas que estuvieron, la mayoría vino a Eva:

—Doctora, nos citaron en la delegación. No sabíamos de qué se trataba. Fue una sorpresa. Había ahí un hombre como traductor. Creo que era hondureño y trabajaba con el delegado:

—Nosotros sabemos quién es usted.

Eva se alzó de hombros sin contestar.

—¿Qué piensa hacer? ¿demandarlos?

—Lo pensaré —les contestó. No era mala idea.

Al día siguiente, Jerry y Sue, con un grupo de más de doce

personas llegaron al consultorio de Eva:

—Aquí estamos para apoyarte. ¿Qué quieres hacer?

—He hablado con un par de abogados que me están recomendando a alguien más fuera del municipio —respondió Eva.

La demanda se hizo. Llegó el Covid-19 y eso retrasó el proceso.

—Mamá —le dijo Lili a Eva días después—, es necesario que esa mujer, Betty, se ponga en su lugar. La gente no puede ir por la vida pisoteando para ganar, difamando para crecer. Unas amigas se enteraron, claro que te defienden, pero no puedo explicarles a todos que Betty está hablando porque la sacaron de Mabel. Tú tienes que limpiar tu nombre.

No se supo en qué momento o cómo conoció Dick a Diana Olsen. Pronto estuvo como voluntaria patrocinadora. Había habido compañeros. La mayoría de las veces todos eran voluntarios. Los pagos de suministros eran mínimos. El oftalmólogo hindú operaba más de treinta personas por campaña sin que se le pagara ni un dólar. Así es que cuando apareció el Dr. Calles cobrando por cirugía, nos sorprendió.

En septiembre de 2017, se conseguía el quirófano del ISSSTE. Llevaríamos nuestros aparatos para hacer cirugías. Se le pagaría al Dr. Calles por sus servicios. Algo pasó que terminamos haciendo la cirugía en la Clínica Mabel. Anexo contrato, gastos, listas de pacientes operados, incluido mi buen amigo Max Barraza que llegó de urgencia.

Se tuvo una campaña en marzo del siguiente año con papanicolaou, mamogramas, exámenes de próstata gratuitos, incluso se les pagaron exámenes a algunos pacientes. Diana mandó una carta a Samuel y a Eva. Había desconfianza con el Dr. Calles, con Dick. El aparato de cirugías se lo quedó el Dr. Calles. Dick dijo que hizo intercambio por cirugía. Diana se fue dejando un grato sabor de boca. La campaña de mayo había sido un éxito, se invita a Rosalba, la presidenta del DIF, para hacer acto de presencia y ver cómo se desarrollaba la campaña. Fue de gran ayuda para Nuevo Progreso y los alrededores.

Éxito total, gracias a Dios.

Hasta ese momento, Diana voluntaria en Mabel y la donación de $2,000.00 dólares lo hizo a través de su grupo o asociación "Ayuda en la Frontera" de la que no supimos mucho. Diana vino con un grupo de enfermeros. Su esposo, que se manejaba como Dr. Scott, muy amables todos, por cierto, muy profesionales y capaces.

—Mamá, te dije que tenías que ponerle un hasta aquí a esa Sra. Betty —del otro lado de la línea era Lili, una de las hijas de Eva—. Estuve en un cumpleaños y salió el tema. Tu mamá no debe de permitir esa difamación, me dijeron. A mí no me molesta, mamita, sé quién eres, todo lo que haces, cuánto le inviertes. No me parece justo. Esa mujer no sabe ni qué onda. Apenas empezó y ya te quiere sacar. No, mamita, no estoy de acuerdo. No, porque no es justo. ¿Cómo que te acusa de ladrona? ¿De qué habla con el hondureño que ni siquiera habla bien inglés? Alguien la está apoyando. Bueno, quien sea, que se retracte. Ella se atrevió a difamarte. Que presente las pruebas de lo que dice. Esta vez no estamos mis hermanas, ni yo, ni mi papá, ni mucha gente, de que te quedes como si nada. Simplemente porque no es verdad. Ahora sí, cualquiera habla como si nada. Tú eres una figura pública. Tu reputación es importante profesional y socialmente y eso lo tienes que limpiar.

—De acuerdo, hija, lo pensaré.

Días después, la química Ana Meli, comadre de Eva, le comenta:

—Eva, ¿qué pasó con Mabel? Se están comentando cosas, me comentaron las muchachas en el laboratorio cosas. Betty, una de las gringas de becas, hizo una rueda de prensa en la delegación y habló mucho, no sólo de mí, también de Sue. Tienes que hacer algo. Hablar de Mabel es como hablar de ti y viceversa. Yo ya la hubiera confrontado, por lo menos de lo que habló.

Otro día, entrada la noche, Evita se sentó frente a Eva:

—Mamá, me llamó mi abuelita Eva. Está preocupada. Mi tía Milagros les comentó lo de Betty. Creo que debes demandar, como dice Jerry y todo el grupo. ¿Betty qué se cree? El video está en las redes. Mucha gente lo vio y lo sigue viendo por morbo. Hay gente que por envidia o maldad lo hará más grande y lo hará o comentará por perjudicarte. Mamita, eres muy buena, pero por eso también hay personas que no les gusta cómo eres o lo que haces. Estás en boca de mucha gente. A ellos no les importas, pero hay mucha gente que te ama, nos interesa limpiar tu nombre. Demanda, mamá.

Se pensó mucho. ¿Quién sería el abogado que podría llevar el caso? Que no se vendería. Eva lo hizo por limpiar su nombre, por su familia, por su trabajo como médico, pero, sobre todo, por Mabel. Se llevan tres años de este proceso (2020-2023). Continuamos en una segunda edición con tiempo de los inmigrantes, tiempo de Covid, resolución de la demanda, nueva directiva y proyectos nuevos de Mabel.

En segundo libro de *Mabel a través de Eva.*

Memoria gráfica

Rio Rico boasts colorful raucous past

By **ALLEN ESSEX**
The Monitor

RIO RICO – Valleyites loved to gamble on greyhound and horse races at this village along the Rio Grande south of Mercedes.

Soldiers from the Harlingen air base could find cold beer and fun here. Dining and dancing attracted local couples.

The heyday of Rio Rico came in the 1920s and '30s, when Prohibition and strict U.S. laws against gambling fueled the wide-open fun available across the border.

The reputation of Rio Rico as Sin City was embellished by reports of visits by Chicago gangster Al "Scarface" Capone between 1929 and 1931.

The connection with Capone is disputed by some, but local newspapers of the day reported a Chicago syndicate, backed by Capone, built the Rio Rico Kennel Club in 1928, with a 200-foot-long grandstand. The facilities cost $40,000.

Irish greyhounds were imported for some of the races, local historians Marjorie Johnson and Fran Isbell wrote in a research paper on file at the Weslaco Bi-Cultural Museum.

Rio Rico's hot spots included the Tivoli Night Club, with a 40-foot-by-90-foot maple dance floor; an 18-hole golf course with clubhouse; dog and horse racing tracks; bars; a bull ring; and bordellos.

Damacio Cano, 71, of Relampago recalls his father, Maximiliano Cano, and Jacinto Zamora owned the Tivoli.

"I was real small at that time, that was in the late '20s or early '30s," he said. "The town was a pretty good-size town. It was a bustling place. ... A lot of people going back and forth. That was during Prohibition. This section (of South Texas) here was dry and people went over there to drink and gamble and stuff like that."

Even as a boy, he was aware that Rio Rico was a wild town, Cano said. "I know that a lot of Anglos went over there from here. They killed an Anglo woman over there one day. Somebody got in a gunfight and a stray bullet hit her."

As was common during Prohibition, his father smuggled liquor from Mexico.

"He got caught, and they put him up (in prison) for a while," Cano said.

Along with these illegal ventures came violence. But there was a limit to how much violence his father could endure.

His partner was shot outside on the nightclub's stairs. "They never found out who it was," Cano said. "Dad

See **CITY** page **11D**

THE MONITOR
VALLEY LIFE
SUNDAY, MAY 3, 1998

SECTION D
Travel: 8D
Calendar: 10D
School menus: 10D

RICH HISTORY. Photo above shows flood waters inundating Rio Rico when the Rio Grande flooded in September 1941. Bottom left photo shows cars gathered at a toll house

Mabel

Cínica Mabel, primera imagen

Participantes en la construcción de la clínica

Festejando cumpleaños de Eva

Inauguración de la Clínica Mabel

Cenizas de Mabel

Cenizas de Mabel

Rumbo al homenaje Secundaria No. 28

Celebrando primer aniversario luctuoso

Reunión en la Clínica

Darline, Eva, Marle y Rocío

Dr Ena

Mabel said to me one afternoon close to the time she died. "I must tell you. please tell people not to cry for me. Be happy." "I am so very tired. God has given me a good life - a long life to do many tasks for Him." I go to a good place. No pain - "It will be beautiful."

There is much to do. You must think and do not just with your heart but with your head.

the are good people
in Progresso that will
help you. there is some
bad people that are in Progresso
you must be careful." —
She was a good teacher our
Mabel. We must remember
what she taught us.
Mona Lundstrom

Carta de Mona a Eva

Clínica Mabel, Marle Lenz, Eva, Malena, entre otros

Primera celebración Día de Muertos en honor a Mabel

Celebración Día de Muertos

Juany, Merle y Darline, Eva y Malena

Segundo aniversario luctuoso de Mabel

Construyendo kínder en Veracruz y Progreso

Martes 7 de Septiembre
del 2004 -
Cd. Reynosa, Tam.

Preocupada por lo que fue la clausura de la clínica Mabel por no contar con el permiso correspondiente de la secretaria de Salubridad, estará viajando este martes a la capital del Estado la representante legal de la clínica Dra. Eva Lilia García de González a entrevistarse con el jefe del Departamento de Regulación Sanitaria en la Entidad Dr. Salomón Miranda.

Doctora Eva Lilia, a Victoria al rescate de clínica Mabel

ARMANDO GONZALEZ GOMEZ/ Corresponsal

VILLA DE NUEVO PROGRESO, Tam.-Visiblemente preocupada por lo que fue la clausura de la clínica Mabel por no contar con el permiso correspondiente de la secretaria de Salubridad, estará viajando este martes a la capital del Estado la representante legal de la clínica Dra. Eva Lilia García de González a entrevistarse con el jefe del Departamento de Regulación Sanitaria en la Entidad Dr. Salomón Miranda. ,

Previo a su viaje a la capital del Estado la Dra. Eva Lilia García de González se entrevistaria con el jefe de la jurisdicción numero 4 con cabecera en la ciudad de Reynosa Dr. Adalberto Yañez el lunes

La representante legal de la Clínica Gratuita Mabel A.C., Dra. Eva Lilia García será acompañada por el representante de dicha clínica en el vecino país del norte Merle Lenz, ya que resulta de vital importancia la reapertura de la clínica, a efecto de que no se entorpescan los programas a ejecutarse en beneficio de los que menos tienen, totalmente gratuitos como las campañas que se encuentran en puertas.

Indicaron al respecto, que se hará todo lo posible por que finalmente se otorgue el permiso de salubridad que había vencido, y que pudiera ser de manera directa por parte del jefe de Regulación Sanitaria en el Estado Dr. Salomón Miranda, quien seguramente hará conciencia de la importancia que tiene la clínica ante las familias sobre todo de bajos recursos.

Boda del Dr. Felipe Ibarra y Nely García

Mabel's Celebration
February 20, 2010

Secundaria No. 28 celebrando aniversario luctuoso

7 JUEVES 29 DE OCTUBRE DEL 2009
Cd. Río Bravo, Tam

N. Progreso RIO

HOSPITAL MABEL TRES NACIONES

En noviembre se coloca la primera piedra en *NP*

Dra. Eva Lilia García de González y la Sra. Gloria Morales reciben del Lic. Eduardo Alberto Cabañas Montes la papelería oficial del [pat]ronato y del terreno.

Bill Tourner, esto del lado americano y del mexicano son además de la doctora y la señora Gloria Morales están la QFB Ana Meli Reyes Hernández, Miss Headter Mclaen como tesorera.

En su primera etapa contara con atención medica de primer nivel, ya en la segunda será de segundo nivel y con interconsultas a especialidades medicas, encaminado a las personas de bajos recursos y área rural que son los que mas requieren de estos servicios y que para recibirlos deben de trasladarse hasta la vecina ciudad de Reynosa, Tamaulipas.

Como invitados se tendrán además del Gobernador del Estado y su esposa, al Licenciado Antonio Martínez Torres, el Licenciado Heron Gomez de Hoyos entre los muchos mas que se tendrán de ambas fronteras, así como autoridades de salud en el estado y jurisdiccional.

Menciona para terminar la Dra. García de González que este proyecto es desde hace varios años atrás y se ha detenido solamente por los tramites legales que se tuvieron que hacer, ya que se constituyo legalmente el patronato local, se cubrieron tramites para registrarlo y se hizo un consenso entre la población para ver a cuanta población se le llevara el servicio que será a muy bajo costo, para ello se realizara un estudio socioeconómico para no afectar la economía familiar y el paciente pueda atenderse hasta que sea dado de alta de su padecimiento.

Viernes 10 de Julio del 2009 VALLE NORTE 13

Recogerán el viernes papelería pendiente de solicitudes de becas la Fundación Mabel

Por:Benito Garcia Badillo

NUEVO PROGRESO,TAM.- El viernes 10 de Julio será el ultimo dia que estarán los Americanos encargados de recoger toda la papeleria que quedó pendiente para los niños que solicitaron becas para quedar dentro del padrón como nuevo ingreso, y así poder recibir esta noble y valiosa ayuda por parte de la fundación Mabel para poder continuar estudiando.

NUEVO PROGRESO,TAM.- *Dra. Eva Lilia González de García, manifestó que tienen hasta el 11 de Julio para entregar toda la documentación necesaria, para recibir el apoyo de las becas por parte de la Fundación Mabel.*

Así lo manifestó a este medio informativo la Dra. Eva Lilia González de García, quien exhorto a todos los padres de familia que vinieron juntos con sus hijos a solicitar ayuda de Becas por primera vez, que no se les olvide venir este 11 de Julio a entregar la papeleria faltante para poder recibir esta importante ayuda para que sus hijos se ayuden para seguir estudiando, que recuerden que solo tienen hasta este viernes para traer toda la documentación.

Se estará entregando en el consultorio de la Dra. Eva Lilia González de García, que se encuentra ubicado por la calle Sonora entre Ave. Benito Juárez y Reynosa, estarán este día el Sr. Marle Lenz, que es el coordinador de Becas de la Asociación Mable , que estarán recibiendo toda la papeleria de 8:00 AM. a 2:00 P.M.

Se cambio la fecha por la sencilla razón que las instituciones educativas entregarían las calificaciones hasta 9 y 10 de Julio por lo que la fundación Mabel decidió esperar hasta este martes, que ya todos los solicitantes tuvieran sus calificaciones, para traer las copias correspondientes que se están pidiendo junto con las calificaciones.

Funeral del Dr. Prowdley, primer presidente de Clínica Mabel

Reunión Dr. Rodolfo Torre Cantú

Sigue trabajando el patronato pro construcción del Hospital Tres Naciones

Por.- Ernesto Chávez Salas.

Nuevo Progreso, Tam.-Se sigue trabajando en el proyecto del hospital Tres Naciones, que ya esta en marcha y donde la activa Dra. Eva Lilia García de González, le pone todo su empeño para que este proyecto se haga una realidad, un hospital de esta magnitud que tanta falta hace y que las mismas familias aclaman por que este proyecto se haga una realidad.

Lo mas importante, es que el proyecto ya se dio a conocer a la ciudadanía en general y, lo que se necesita para poner la primera piedra de este primer hospital en esta villa fronteriza, el alma y motor de este importante proyecto es la Dra. Eva Lilia García de González, tiene muchas ganas por lo cual no esta descansando ni un minuto para que esto se un sueño realidad y del cual quienes saldrían beneficiados son las familias de Nuevo Progreso.

Por que de iniciar esta obra del Hospital Tres Naciones, con esto se estarían resolviendo muchos problemas de familias que cuando tenían sus enfermos se tenían que trasladar de emergencia a la Cruz Roja o bien al Hospital General de Reynosa Tam, por lo pronto, la meta esta en camino y trazada, se tiene la confianza que la obra llegue lo mas pronto posible, por que con esto se beneficiaran mucho familias de esta comunidad fronteriza.

MIERCOLES 2 DE DICIEMBRE DEL 2009
Cd. Río Bravo, Tam
N. Progreso

LA DOCTORA EVA LILIA GARCIA, ENTREGA 600 BECAS A ESTUDIANTES

Grave deserción escolar en municipios de la frontera

No queremos que jóvenes abandonen sus estudios por falta de dinero, por eso, se ha formado un grupo de gente altruista que apoyan económicamente a neoprogresenses

RODOLFO SANCHEZ BARRON
CORRESPONSAL

Villa de Nuevo Progreso, Tam.- Para que ningún estudiante de escasos recursos económicos se quede sin estudiar, se inicio la entrega de 600 becas a igual número de jóvenes que cursan su educación desde nivel primaria, secundaria, media superior y superior, esto, gracias a la participación de gente altruista de los Estados Unidos que han estado apoyando de mantera ininterrumpida a alumnos que viven en extrema pobreza.

LA DOCTORA Eva Lilia García, representante de la clínica Meibol en la Villa de Nuevo Progreso, es captada por El Mercurio con estudiantes que le agradecen el apoyo de las becas que se ha aportado ininterrumpidamente.

La doctora Eva Lilia García, representante de la clínica Meibol en la Villa de Nuevo Progreso, dijo ante El Mercurio que en la dotación de becas han participado destacadas personalidades como Mary Wad e integrantes de la Iglesia Metodista, se encuentran preocupados porque jóvenes de escasos recursos económicos, terminen sus estudios en forma satisfactoria y mostrando preocupación exclamó: "no queremos que por falta de dinero los estudiantes abandonen sus escuelas...".

Destacó que existen alumnos que viven en la Villa de Nuevo Progreso y comunidades aledañas que acuden a Río Bravo al CBTIS 73, Cobat, Conalep, otras preparatorias y universidades, que están recibiendo ya sus becas por diferentes cantidades, gracias a la participación entusiasta y permanente de gente altruista del vecino país.

Como ejemplo dijo que hay jóvenes que han recibido becas desde la educación primaria y en estos momentos están cursando su educación profesional.

En los precisos momentos en que aportaba la información sobre las 600 becas para estudiantes, la doctora Eva Lilia García, recibió a varios estudiantes que le agradecieron su intervención en estas acciones que representan de mucho beneficio para ellos, ya que de lo contrario no podrían continuar sus estudios.

Congreso Local, aprueba construcción de un gran hospital en Nuevo Progreso, confirma el diputado Jose Raul Bocanegra

Por Rodolfo Sánchez Barrón

Rio Bravo, Tam.- Durante la administración municipal del presidente municipal Roberto Benet Ramos se ha estado atendiendo totalmente el sector salud y ahora con el proyecto de gran hospital en la zona turística de la Villa de Nuevo Progreso, las familias de más escasos recursos económicos serán las beneficiadas. Se espera que el gobernador Eugenio Hernández Flores, venga a poner la primer piedra de lo que será un ambicioso proyecto de salud.

La doctora Eva Lilia García, coordinadora del grupo Meibol en la Villa de Nuevo Progreso, acompañada de la señora Gloria Morales y Richard Turnes, llegaron a las oficinas del legislador local José Raúl Bocanegra Alonso, para agradecerle el apoyo que les esta brindando en el Congreso del Estado, en donde ya fue autorizado este proyecto y el decreto es el número 390.

El diputado local José Raúl Bocanegra Alonso, al momento de recibir a tan distinguidas personalidades de la Villa de Nuevo Progreso y Estados Unidos, dijo que acababa de hablar con el secretario del Congreso del Estado y le dio a conocer que ya esta autorizado el decreto.

Al ser entrevistada la doctora Eva Lilia García y la señora Gloria Morales, de la agrupación Mabel, dieron a conocer que el proyecto esta planeado muy bien, se contempla la construcción de un gran hospital, parecido a Inbursa de Reynosa, totalmente equipado y para atender a gran cantidad de pacientes de escasos recursos económicos.

Confirmo la doctora Eva Lilia que este miércoles se va a llevar a cabo reunión de trabajo en donde se dará a conocer el proyecto a la 1:45 de la tarde en asamblea en la clínica Mabel de la Villa de Nuevo Progreso, ante los diferentes medios de información, y se mostró contenta de que muchas familias van a ser beneficiadas.

Alumnos becados, entre ellos Dr. Rubí Reyes

Alumnos becados

1C : El Mercurio : Jueves 10 de Marzo de 2005

Campaña médica a familias humildes

POR EMMA REYNA / ERNESTO CHÁVEZ
CORRESPONSAL

Villa de Nuevo Progreso, Tam.- Gracias doctora Eva Lilia García de González fue la expresión de considerable número de familias que se encuentran en extrema pobreza, tras haber participado en la jornada médica que se llevó a cabo en la Clínica Meibol y donde participaron representantes del Consejo de Salud del Río Grande, previamente la doctora Eva Lilia García de González a través de EL MERCURIO había difundido la información sobre esta campaña médica, que se llevo a cabo sin costo alguno y anuncio que se continuaran presentando más jornadas médicas.

"Somos representantes del consejo de salud en todo el Río Grande, y anualmente hacemos visitas los alumnos de la Universidad de Florida acompañados con dos médicos, esto se hace con la única finalidad de que ellos conozcan como viven y que enfermedades padecen personas de esta región y que comúnmente son las que van aquel estado de Florida...". Así lo manifestó a este medio de comunicación el doctor Angel Braña Representante del consejo de salud, quien dijo la idea de visitar cada año alguna comunidad ya sea de este país o otro es con la única finalidad es de ver a pacientes atenderlos curarlos y sobre todo darles el medicamento adecuado esto desde lado humanitario.

Estas visitas se hacen cada año en la temporada de Spring Braker donde los estudiantes de medicina que son supervisados por dos médicos, para que conozcan a fondo la problemática que prevalece en esta region donde muchas personas inmigrantes se van al estado de Florida, ahora no nada mas vienen aquí ellos visitan otros pueblo mexicanos, donde conocen las condiciones del

medio y así cuando estos inmigrantes lleguen a este estado de la Unión Americana saber como curarlo.

Esta visita se hizo con la gran ayuda de la doctora Eva Lilia Gracia de González y el Dr. Fernando Vázquez director de la clínica Mabel, y bueno lo mas importante es que se tiene una coordinación con la Cruz Roja y otras instituciones privadas como esta donde se esta dando ayuda a todas las personas de escasos recursos económicos.

NEOPROGRESENSES beneficiados durante campaña médica emprendida por doctores y estudiantes de medicina del Estado de Florida, estuvieron en esta commidad atendiendo a todas las personas que fueron a la clínica Mabel Clark en esta grafica de EL MERCURIO destacan la doctora Eva Lilia García de González con el doctor Angel Braña. (Foto Ernesto Chávez).

Alumnos becados por Puente Internacional Progreso-Texas

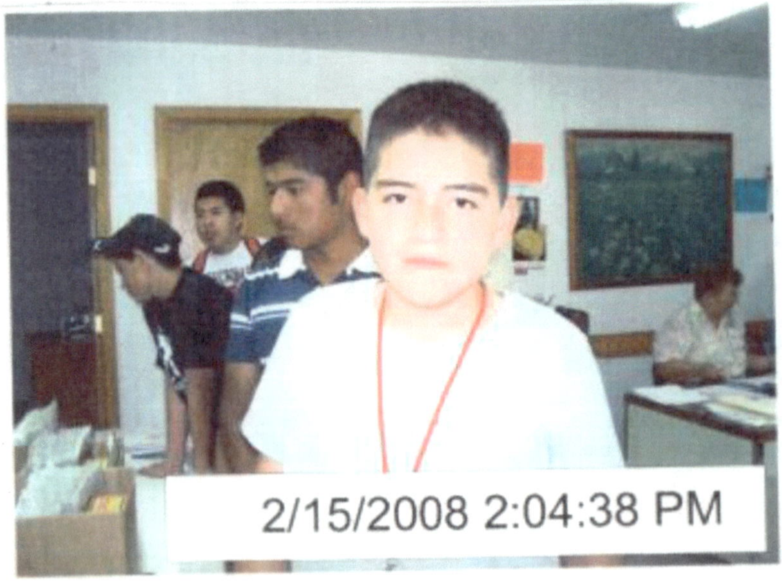

Alumnos becados por Puente Internacional Progreso-Texas

Alumnos becados por Puente Internacional Progreso-Texas

Alumnos becados por Puente Internacional Progreso-Texas

Índice

Entrada	13
Río Rico - Las Flores - Nuevo Progreso	15
Primera parte	25
Segunda parte	29
Día del turista	30
Ciudad Madero (1989)	33
Nuevo Progreso (1989)	36
Tercera parte	49
Cuarta parte	59
Proyecto Iniciativa México	91
Memoria gráfica	121

Made in the USA
Columbia, SC
01 February 2024

31308285R00083